Guy,Claude
&
Minato
「世界は僕にひざまずく」

Chara

世界は僕にひざまずく

成瀬かの

キャラ文庫

この作品はフィクションです。
実在の人物・団体・事件などにはいっさい関係ありません。

目次

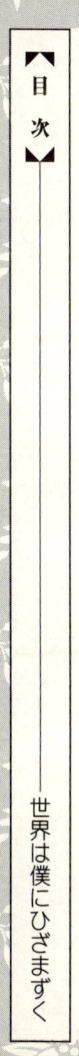

口絵・本文イラスト／高星麻子

一、

木漏《こも》れ陽《び》の中を蝶《ちょう》がひらひらと舞っている。翅《はね》を打ち振るうたびコバルトブルーの鱗粉《りんぷん》が散る様が幻のように美しい。

群れ飛ぶ蝶の下では真っ赤な炎の塊が揺らめいている。その中心に、くうくうと寝息を立て眠っている者がいた。

『——ん、くすぐった……』

炎の舌に頬《ほお》を舐《な》められ、それはきゅっと眉根《まゆね》を寄せる。目を閉じたまま何気なく辺りを払い、それはいきなり湧き起こったぶうんという低い羽音にびっくりして飛び起きた。

『わ、なに？　火事……？』

視界が赤い。だがちっとも熱くない。

『違う……これ、蜥蜴《とかげ》……？　しかも翼がついている……？』

ゲームに出てくる竜のような小さな羽がついた真紅の蜥蜴。作り物ではない証拠にせわしなくはばたいている。四方八方から聞こえてくる羽音がうるさくて、耳がおかしくなりそうだ。

『――ええっと……？』

もそもそと起きあがったそれはきょとんとして細い首を傾《かし》げた。

周囲には深い森が見渡す限り広がっている。人の声も車の音も聞こえない。世界を満たしているのは、葉の擦《こす》れ合うさやさやという音だけだ。

『どこ、ここ――？』

寝起きの頭ではなかなか状況を理解できずに、ぺたりと座りこんだまま辺りを見回していると、不意に硝子《ガラス》を爪で引《ひ》っ掻《か》くような異音が世界を震わせた。思わず両手で耳を押さえて首を巡らせ――それは瞠目《どうもく》する。

『わー、すごい。怪獣だ……』

木々の間に見える生き物は見あげるほどに大きかった。たてがみは蛍光塗料を塗りたくったかのようなライムグリーン。そこ以外は真っ黒で、犀《さい》に似た角が生えている。それに足が六本もあった。

わかった、とそれは大真面目に頷《うなず》く。これは夢だ。自分はまだ眠っている。だって、こんな怪物が現実にいるわけがない。

再び不快な叫び声をあげて頭を低くした犀の目がまっすぐにそれを睨《ね》めつける。

突撃の予兆。胃が浮きあがるような切迫感がこみあげてきたがそれは動かず、己に言い聞かせた。

——大丈夫。だって、これは夢。きっともうすぐ目が覚める。そうしたら——そうしたら？

犀もどきが土を蹴《け》り、それに向かって、一直線に突進してくる。

——待って、思い出せない。眠りにつく前、僕は一体何をしていた？

それが弾かれたように腰を浮かせた刹那《せつな》、褐色の膚《はだ》の男が目の前に飛び出してきた。鞘《さや》に入ったままの剣で迫ってくる怪物を受け止める。

鈍い衝撃音と共に、男の足が地面にめりこみ二本の溝が刻まれた。怪物の前進が止まると、背中しか見えなかった男が、肩越しにそれを振り返る。

それは無意識に息をつめた。

——やっぱりこれは、夢だ。

象よりも大きな獣を人の力で止められるはずがない。それに男の瞳は、太陽のようにまばゆい金色だった。

——なんか、すっごい！

男は見あげるような長身で、野生の獣のように引き締まった体躯《たいく》をしていた。鋭い双眸《そうぼう》のせいか荒々しい印象を与える顔だちも、よく見れば整っており品がある。

「今のうちに逃げろ」

低い声には艶があり、こんな時でなければ聞き入ってしまいそうだ。だが——と、それは細い首を傾けた。

『あの、ごめんなさい、もう一回言ってもらえますか……?』

男が眉根を寄せた。

「……なに?　今、なんと言った?」

『あれ?　えーと……どうしよう、この人がなにを言っているのか、全然わからない……』

言葉が通じない事が男にもわかったのだろう、小さい舌打ちが聞こえる。

犀もどきが咆哮《ほうこう》し、男を突き放すようにして一旦《いったん》下がった。再び勢いをつけて突撃してくる気だと察し、男も剣を抜く。だが、犀もどきは立ちはだかる男に目もくれない。ただそれだけをひたと見つめている。

「なぜ俺を見ない……?」

金色の瞳が物言いたげにそれを窺《うかが》う。だが、言葉が通じないそれには首を傾げる事しかできない。

溜息《ためいき》をつくと、男は得物をかまえて走り出した。

『危ない……っ』

犀もどきが二本の前足を振りあげる。しかし男は踏み潰《つぶ》そうとする足の下を軽やかな身のこなしで擦り抜けた。黒い刃が怪物の柔らかな腹を切り裂き、体液が飛び散る。

それは思わず両手で口元を押さえた。

——夢にしては凄惨《せいさん》すぎる。

男は実に敏捷《びんしょう》で強かったが、怪物が大きすぎるせいでなかなか致命傷が与えられない。手こずっているうちに怪物がまたそれに向きなおる。

『え……？』

どしんと地面を踏みつけると同時に、畝《うね》のように地面が盛りあがって迫ってきたのに、それはぎょっとした。逃げようと思ったものの、膝《ひざ》ががくがく震えて力が入らない。

避けられないと観念した時、背後から伸びてきた腕がそれをひょいと持ちあげた。

『な、なに――？』

視界が流れる。

担ぎあげられて広い背に手を突きなんとか上体を持ちあげたそれは、己がいた場所が爆散する様を目にしてしまい震撼《しんかん》した。

――僕、もしかして死ぬところだった……？

恐怖で呼吸が速く浅くなる。それは抱えあげられているせいで背中しか見えない恩人を見下ろした。

褐色の膚の男と同じく、大きい人だった。それを支える肩は厚みがあり、揺るぎない。それにどうしてだろう、その人の軀《からだ》はまるで燃えているように熱かった。

煽《あお》られ翻った白いローブがばさりと大きな音を立てる。

「ギー、退《ひ》け」

怪物の背に刃を突き立てていた褐色の膚の男が跳躍すると、それを担いだまま、男が長い杖《つえ》を掲げた。

眩《まぶ》しい。

杖から発せられた強烈な光に、それは思わずきつく目を瞑《つむ》る。

しばらくしてそれが目を開けると、怪物は地面に崩れ落ちて砂のようにさらさらと散ってゆこうとしていた。

なに、これ。

それはしげしげと犀もどきの残骸《ざんがい》を見つめる。

どうして生き物が砂になるんだろう？

それに、今の光はなに？　まさか、魔法……？

「危ないところだったのではないか？　ギー、なぜ私を呼ばなかった。もし私が駆けつけなければ、この子まで命を落とす事になったかもしれないのに」

杖を持つ男がそれをひょいと地面に下ろす。地に足がついてほっとしたものの、それはへたりとその場に座りこんでしまった。今更のように恐怖が押し寄せてきて、足に力が入らない。

おそらく、怪物を倒したのは杖が発した光だ。この男が自分たちを助けてくれたのだ。それなのに、褐色の膚の男は忌々《いまいま》しげに唇を引き結び、ふいと背を向けた。

「ギー！」

呼びかけを無視し、森の中に消えてしまう。杖を持つ男は溜息をつくと、長身を屈《かが》めてそれと視線を合わせた。

「君、大丈夫か？」

初めて男の顔をまっこうから見たそれは息を呑んだ。

――この人も、すっごい。

男は、鳥肌が立つほどの美貌《びぼう》の持ち主だった。瞳の色は菫色《すみれ》。腰まで垂らされた髪は見事なプラチナブロンドだ。細面のせいか中性的な印象があるが、さっきそれがローブ越しに触れた軀は鋼のようだった。人種が違うからだろう、骨太で軀にも厚みがあり、筋肉のつき方もまるで違う。全体に薄っぺらく、吹けば飛ぶような体格のミナトとは大違いだ。

「私はニヴェール王国の第二王子、クロードだ。君はどこの国の王子かな？」

それは首を傾げた。やっぱりなにを言っているのかわからない。

『助けてくれてありがとう。でもあの、僕、日本語《にほん》しかわかんなくて……』

軽く頭を下げてから上目遣いに窺うと、男は困ったように微笑《ほほえ》んだ。

「言葉が通じないとは驚きだな。しかし、黒髪に黒い瞳、か。神子と同じ特徴だが……さて」

とても大きく感じられる掌にそれの両目が覆われる。なんだろうと思いつつ反射的に目を閉じると、瞼《まぶた》の裏が白く光った。

『なに？　また魔法……？』

それは少し緊張して待ったが、何事もないまま光は消える。手を外した男は沈痛な面持ちで酷《ひど》いなと呟《つぶや》いた。

「まあ、こんなところに神子が現れるわけがないか」

『あれ？　違ったのかな』

それがきょろきょろ辺りを見回していると、男がそれの頬を両手で優しく挟みこんで自分の方を向かせた。

「私はクロード。胸に手をあて、ゆっくりと言う。クロード、だ。わかるか？　クロード」

『……くろーど？』

「そうだ。君の名は？」

とん、と指先で胸を叩《たた》かれ、それは自分の名を聞かれているのだと直感した。

――僕の名前は、なに？

一つの音の連なりが心の中に浮かびあがる。

『ミナ、ト。僕は……ミナト……』

「ミナト？　ミナトというのか？」

それは勢いづいて頷いた。

そうだ、僕は湊人《みなと》だ。相馬《そうま》湊人。

記憶が爆発的な勢いで蘇《よみがえ》る。

そびえ立つ大きなマンション。ミナトの指を握り締め、ベビーベッドの中でもぞもぞ足を動かす幼い妹。ベランダで煙草《たばこ》を吸うお父さんの後ろ姿。晩御飯の支度をするお母さんの包丁の音。

ようやく目覚めたような気分で数度瞬《また》き、ミナトは改めて辺りを見回した。周囲には見慣れたビルも電線も道路もない。

『僕——どうしてここにいるんだろう……？』

眠りにつく前の事はやっぱり思い出せない。着ている服にも見覚えはなかった。膝丈の寝間着は前を重ね合わせて紐《ひも》で結ぶ形式になっており、なんとなく病院を連想させる。ポケットにも何も入っていない。

ポケットから抜き出した手を、ミナトはしげしげと眺める。

——僕の手って、こんなだったっけ？

考えこむミナトを、クロードが抱きあげた。

『ひゃ……っ、なに、くろーど……？』

片腕で子供を抱くようにミナトの尻の下を支え、森の中を歩き始める。

『あの、僕、自分で歩けます』

ミナトが地面を指さすが、クロードは微笑むばかりで下ろしてくれない。

「じっとしていなさい。裸足で森の中を歩いたりしたらどんな怪我《けが》をするかしれない。大丈夫だ。君は小鳥のように軽い。世界の果てまでだって運んでいける」

『うー、あんまり暴れても危ないよね……』

ミナトは抵抗を諦《あきら》めクロードの肩に掴《つか》まった。

『あの、さっきのはなんだったんですか？　砂になって消えてしまった怪物！』

後方を指さすと、クロードがちらりと目を遣《や》る。

「魔物、が気になるのか？」

『マモノっていうんだ……』

復唱するとクロードは小さく笑った。

「王宮育ちで魔物を見た事がなかったのかな？　あれが創世の時代からの私たちの宿敵だ。人と見れば情け容赦なく襲ってくる。様々な姿形をしているが、どれも人族よりずっと強く、普通は二桁《ふたけた》以上の頭数《あたまかず》を揃《そろ》えてかからねば討伐できない。――私たちは別だがな」

――やっぱり何を言われているのか全然わからない。

説明してくれているみたいなのに申しわけないと思いつつ、ミナトは周囲の景色を眺める。

森に道らしい道はなかったがクロードの足取りに迷いはなかった。時折、木が薙《な》ぎ倒されたり、地面が大きくえぐられたりといった破壊の跡が見受けられる中を危なげなく歩いてゆく。

さっきの魔物の仕業だろうか。それともああいうのが他にもいるんだろうか。

ミナトはひそやかに唇を噛《か》んだ。

――どうしよう、怖くなってきた。

ミナトはもう、これを夢とは思っていなかった。リアルすぎるし、噛んだ唇もちゃんと痛い。

これは、現実なのだ。

恐ろしい魔物がいて、魔法が存在する。――多分、生まれ育ったのとは違う世界。

「クロード！」

高い声に目をあげると、身を寄せ合うようにそびえ立つ二つの大岩の隙間《すきま》から少女が姿を現した。見事な赤毛を揺らし駆け寄ってくる。

「さっきの大きな音がなにか、わかったか？　……おや、その子はなんだ？　今頃新しい王子が送りこまれてきたのか？　珍しいな、瞳の色が黒い。まるで黒曜石のようではないか。しかも髪もこんなに黒いなんて！　もしや神子か？　我らはようやく救われるのか⁉」

早口にまくしたてられ、ミナトは目をぱちくりさせた。クロードが穏やかに微笑む。

「いいや。彼の名はミナト。さっきのは森の中でこの子が魔物に襲われていた音だった」

ようやく地面へと下ろされたミナトの足を、草や土がひんやりと冷やした。

少女が目に見えて消沈する。

「なんだ、違うのか。――待て、魔物に襲われていた、と言ったな？　ここの魔物は、我らには手を出さないのではなかったのか」

「そう思っていたんだけどね。皆に気をつけるように警告しておかねばならないな」

ミナトは大岩に近づき、少女が現れた合わせ目を覗《のぞ》きこんでみた。どうやら洞窟《どうくつ》の入り口があるらしい。深い闇が澱《よど》んでいる。

「その子に怪我はないのか?」

「ああ。ギーがこの子を守ってくれていた」

振り返ってみると、クロードと少女もまたミナトを見ていた。外国人だからだろうか、少女もまたミナトより背が高かった。

背の半ばまで垂らした燃えるような赤毛が印象的な、くっきりした目鼻立ちの美人だ。女性らしい柔らかな軀の線をしているが——とミナトは頬を染め視線を泳がせる。大胆に開いた胸元から覗く豊満な胸がどうにも直視できない。

「運のいい子だ。ギーはどうした」

「苦戦していたようなのでそういう時は私を頼れと言ったら怒っていってしまった」

「……ふむ」

ミナトへと向き直った少女が燦然《さんぜん》と微笑んだ。

「初めてお目にかかる。ミナト、我はエライユ王国第二王女、シルヴィだ」

少女は薄い布を幾重にも重ねた瀟洒《しょうしゃ》なドレスの裾《すそ》を摘《つま》み、優美に膝を折った。たおやかな手は荒れドレスも擦り切れていたが、少女の全身から放たれる威厳や洗練された仕草はお伽《とぎばなし》噺に出てくるお姫様を思わせる。

『え……えーと……？』

「シルヴィ、この子には私たちの言葉が通じない」

「なに？　人族の国で使われる言語は一つしかないと思っていたのだが」

「私もそう思っていたが、きっと、私たちに知られていない国があるのだろう。私たちは山脈の向こう側や大海に浮かぶ孤島については無知だからな」

「そうか……うむ、そうだな、きっと。そうでなければ今頃送りこまれてくるわけがない。……ミナト、我はシルヴィだ。シ・ル・ヴィ。わかるか？」

上品に胸元に手を添え同じ音を繰り返され、ミナトは自己紹介されているのだと気がついた。

『し、る、ゔぃ……？』

ゆっくりと復唱すると、シルヴィがにっこりと微笑む。

「そうだ」

『こんにちは、しるゔぃ。僕はミナト。相馬湊人、です。……あの、僕、別の世界からここに来てしまったんじゃないかと思うんですけど、どうやったら帰れるか、わかりますか？』

きょとんとしたシルヴィがクロードへと目を遣った。クロードが苦笑する。

「残念ながら私にもミナトが何を言っているのかわからない」

「そうか、困ったな」

どうやらシルヴィにも言葉はまったく通じないらしい。そうだろうと思ってはいたががっかりしてしまい、ミナトは肩を落とす。

「だがミナト、なにも心配はいらぬぞ。我らは皆、同じ身の上なのだからな。ここで生きてゆくのはつらいが、決しておぬしを見捨てたりはせぬ」

『ツ――ツラ、イ……？』

首を傾げるミナトに、シルヴィが手を差し出す。

「ちょうど夕食の準備を始めようと思っていたところなのだ。もう、ギーも戻ってくるだろう。おいで、ミナト。野趣溢《あふ》れる食卓に招待してやる」

だが、その手を取るより先にクロードがミナトを抱きあげた。

「この子は私が連れてゆこう」

歩きだしたクロードのあとに、両手でドレスの裾を持ちあげたシルヴィが続く。

「ずいぶんミナトには親切なのだな、クロード」

「この子は靴すら持っていないんだ。どうしてこんな姿でここに送りこまれたのかと思うと可哀想でね」

熱い掌の感触に驚き見下ろすと、ミナトの踵《かかと》をクロードの手が摑んでいた。蜂蜜《はちみつ》色の膚は滑らかで、生まれたての赤子のように瑞々《みずみず》しい。おまけにクロードの手が大きすぎるせいで、包みこまれたミナトの足がやたらと小さく華奢《きゃしゃ》に見える。

「く……！　男のくせになんてかわゆい足をしておるのだ……！」

シルヴィが口元に拳をあて、顔を背ける。気分でも悪いんだろうかと思っていると、突然木々が途切れ、泉のほとりに出た。

真っ青な空の下、まばゆいばかりの光が水面《みなも》へと降り注いでいる。川原に火を焚《た》いた跡があるところを見ると、食事はここでしているらしい。

クロードとシルヴィが燃料にする薪《まき》を集めるのを見て、ミナトも手伝い始める。泉のほとりに小さな山を作っていると、シルヴィが感心したような溜息をついた。

「なんてできた子なんだろう。なにも言わずとも手伝ってくれるとは」

「そうだな。そういえば今までそんな事をしてくれた子は一人としていなかったな。シルヴィも最初はぼーっと見ているだけだった」

「仕方ないであろう。王宮にいた頃は、なに一つ自分でした事などなかったゆえ」

褐色の膚の男が森の中からふらりと現れた。薪の山の傍にウサギを数羽置いて水辺に手と顔を洗いに下りてゆく。シルヴィが肉を小さく切って串《くし》に刺し、クロードが杖を翳《かざ》して薪の山に火を点《とも》した。また魔法を使ったのだと気がついたミナトの目が輝く。

『しるゔぃ。あれ、なに?』

ミナトは曖昧《あいまい》に焚き火の方を指さした。

「なんだ? クロードが気になるのか?」

振り返ったクロードが微笑みかけるが、ミナトにあっさり首を振られ、淋しそうな顔になる。

「では、杖か？」

シルヴィに言われるままクロードが杖を掲げると、ミナトは首をひねった。

『それも魔法の一部なのかもしれないけど……。えーと、どう表現したらいいんだろ。光を発したり、火を点《つ》けたりしたでしょう？』

眩しいふりをしたり火を指したりと、我ながらわけのわからないパントマイムをしてみせると、シルヴィが笑い出した。

「ふは、なんだか可愛《かわい》いな、ミナトは」

「もしかして、魔法、か？」

クロードが翳した杖の先に淡い光を灯した。

ミナトは思わず目を見開き、こくこくと頷く。

『そう、それ！』

「どうやら正解のようだな。これは魔法だ、ミナト」

『マ……マホー？』

「そう、魔法。魔法が珍しいか？　ミナトの国には魔法使いがいなかったのか？」

クロードが軽く杖を振ると、風が舞い始めた。長いプラチナブロンドが風に煽られ、白いローブのまわりに渦を描く。

『すごい……』

シルヴィが得意げに胸を張る。

「普通は一つか二つ使えれば上等なのに、クロードはどんな魔法も使いこなせるのだ。クロード、ミナトの魔力を見てやったらどうだ?」

『マリョ、ク?』

「そうだ。クロードには人の魔力量やどういう方向の適性があるかわかるのだ」

「いや、シルヴィ」

クロードは困ったような顔をした。

「ミナトの魔力量は読めない。体内を巡る魔力の流れが滅茶苦茶に乱れているからね」

「なに? そんな事があるのか?」

「私も初めて見る。もしかしたらミナトは、己の運命に抗しようとして身内に処置されたのかもしれない。これでは魔法を使えないからな」

二人は深刻そうに話をしているが、ミナトには何を話しているのかさっぱりわからない。わけのわからない会話を聞くのにも飽きて水辺を見下ろすと、褐色の膚の男がブーツと上着を脱いで泉に踏みこんでいた。水面をじっと見ているところを見ると、魚でもいるのだろうか。

「癒《いや》してはやれぬのか?」

褐色の膚の男が長身を屈めたと思ったら、次の瞬間には手の中に暴れる魚がいて、ミナトはぽかんと口を開けた。

あれも魔法なのだろうか？　それともあの男がとてつもなく素早いだけ？

「方法がなくはないが、殺してしまわない自信がない」

いてもたってもいられなくなってしまったミナトは杖を置いたクロードに近づき、隣にしゃがみこんだ。

『あの、しるゔぃもマホーを使えるんですか……？』

「うん？　シルヴィか？　彼女には魔力がないんだ。新興国の王女だから、まだ血が普通の人と変わりないのだろう」

『あの人は？』

自分の事について話をしているのだとわかったのだろうか、それなりに距離があるのに男が目をあげる。敵意に満ちたきつい眼差《まなざ》しに、ミナトは思わず首を竦《すく》めた。

「ギーか？　彼は使えない。魔力は充分だが、必要な教育をまったく受けてないからな」

「ほう、そうなのか？」

クロードが喋《しゃべ》りながら首を振ったところを見ると、二人には魔法が使えないらしい。それなのに褐色の膚の男はあんなに大きな怪物に挑んだ。——ミナトを助けるために。

そういえばまだ礼も言ってなかったと思い出し、ミナトは焚き火の傍を離れて水辺へと歩み寄った。怪訝《けげん》そうなクロードたちの視線を背中に感じつつ、褐色の膚の男ににこにこと話しかける。

『あの、さっきはありがとうございました！　よかったら、あなたの名前も教えてくれませんか？』

「？」

ギーは胡散臭《うさんくさ》そうにミナトを見あげている。鋭い眼差しに怯《ひる》みそうになったが、ミナトは頑張って笑顔を保った。

『僕はミナト。あなたは？』

自分の胸に手をあててからギーの手の甲に触れてみせると、理解したのだろう、ギーの目の色が緩む。燃え立つような金色が落ち着き、琥珀《こはく》色に近くなる。

「俺か。俺は——」

「お兄さま——いや、にーにと呼んでもらってはどうだ」

いきなり割って入ってきたシルヴィに、せっかく和らいだギーの表情が険しくなった。

「シルヴィ、なにを馬鹿な事を言っている」

「そういう顔をするからギーは子供たちに怖がられるのだぞ。せっかく魔物から助け点数を稼いだのだ、優しくしてやれ。ミナトもまた家族から引き離されて一人ぼっちなのだ、ギーが兄になってやれば淋しくなかろう。——ミナト、言ってみよ。にーに、だ。にーに」

『にー、に？』

自信なさげに復唱し、これでいいのだろうかと首を傾げてみせると、ギーが眉を顰《ひそ》めた。

シルヴィがうっとりと両手を胸の前で握り合わせる。

「……思っていた以上によいな。我もねーねと呼んでもらうとするか」

「私はクロードお兄さま、かな。国元の弟たちを思い出すな」

ギーの眉間《みけん》の皺《しわ》がさらに深くなってゆく。

『ええと、僕、変ですか？　にーに？』

張りつめた雰囲気に、自分の発音が悪かったのだろうかと、ミナトはもう一度言ってみる。

だがギーは表情を和らげるどころか、ミナトを睨《にら》みつけてきた。

『う……』

「おとなげないぞ、ギー。この子はなにもわかってないんだ」

「黙れ」

苛立《いらだ》たしげに吐き捨て、ギーが魚を投げつける。クロードは見事にキャッチしたが、まだ生きている魚は手の中でのたうった。

「わ……！」

慌てている間にギーは身軽に岸辺に点在する大岩を渡り森の中に消えてしまう。

どうしたんだろう。……僕がなにか悪い事をしてしまったんだろうか。

ギーの消えた先を見つめるミナトに、シルヴィが後ろから抱きついた。

「気にせずともよい。食事にするぞ、ミナト」

ぱちぱちと薪が爆《は》ぜ、炎をあげる。焚き火の傍へと戻りながら、ミナトはもう一度森の中を見つめた。


その晩、ミナトは彼らが暮らす洞窟に泊めてもらった。

洞窟は、どうしてこんなところをねぐらに選んだのだろうと訝《いぶか》しく思うほど狭苦しかった。皆で寝られるような大きな広間などなく、通路の所々にある窪《くぼ》みに一人ずつ眠るスペースが設けられている。あまり衛生的ではなさそうな獣の毛皮を敷いただけの寝床はとても寝心地が悪い。

洞窟の中は真っ暗で歩く事もままならない。トイレに行きたくなったらどうしようと思っていたら、クロードが白い光を放つ玉をくれた。眠っている間になくしてしまわないよう玉をポケットにしまい、ミナトは目を瞑る。

――寒い。

自然の洞窟だからだろう、常に緩く風が吹いている。

うちに帰りたい、とミナトは思う。自分のあたたかいベッドに軀を伸ばして眠りたい、と。

『一体どうやったら家に帰れるんだろう』

まずは言葉を覚える事だとミナトは思った。言葉が通じなければ帰る方法を聞く事すらできない。それにミナトには、他にも気になっている事がたくさんあった。

クロードたちは見ず知らずの自分を助けてくれたばかりか、食事や寝る場所まであたりまえのように提供してくれた。けれど森を出て、ミナトを家に帰そうとする様子はない。もちろんミナトの家はこの世界にはないが、普通は迷子を見つけたら、そうするものではないだろうか。

シルヴィやクロードが何者かも気になる。二人ともすごく綺麗《きれい》だ。汚れ傷《いた》んだ服もよく見ればずいぶん上等で、庶民とは思えない。所作も優雅で高貴な人のようなのに、どうしてこんな森の中で不自由な生活をしているのだろう。

それから、夕食。

結局ギーは食事が終わっても戻ってこなかった。残った食べ物は二枚の葉に包まれ、一方は確かにギーの寝床に置かれたが、もう一方はシルヴィが洞窟の奥へと持っていってしまった。シルヴィがそんな大食漢なわけがない。

洞窟の奥にも誰かいるのだ。

『ホラー映画みたいなシチュエーションだよね』

本当はなんて事のない理由があるのかもしれないが、聞いてみる事すらできなければどうしようもない。

『とにかく、明日から異世界語を頑張るんだ』

そう心に決め、ミナトは眠ろうと努める。だが薄ら寒さになかなか寝つけない。

できるだけ暖を取るため軀を丸めて縮こまり、ようやくうつらうつらとし始めた時だった。

声が聞こえた。

——寒いのか。

低く艶のある声はとても耳に心地よく、ミナトは口元を緩める。

誰かが指先でそっと髪を梳《す》いてくれる。ミナトは半分眠ったまま、その手にすりすりと頰を擦り寄せた。

——あったかい。

まるで春の陽溜まりのよう。

ずっとそうしていたかったが、手はすぐに逃げていってしまう。

——待って。

ぬくもりを追いかけようとしたミナトの全身を、あたたかいものがすっぽりと包みこんだ。

——これで眠れるだろう？　寝ろ。

こめかみに誰かの唇が押しあてられる。はふ、とミナトは充足の溜息をついた。

もう寒くない。

寝心地のいい姿勢を求め寝返りを打ち、ミナトは吸いこまれるように深い眠りに落ちてゆく。

＋　＋　＋

翌朝。

ミナトは目が覚めてからもしばらくの間ぼーっとしていた。周囲は真っ暗でなにも見えない。

――ここ、どこだっけ。

遠くで女が笑っている。岩壁に反響してやけに虚《うつ》ろに聞こえるこの声は、シルヴィだ。

――ああ、そうか。僕、知らない世界に来てしまったんだ。

お父さんもお母さんも妹もいない。ミナトが慣れ親しんできたものすべてが存在しない世界。踏み締めていた地面が急に消えてしまったかのような不安がこみあげてきて、ミナトはちょっと泣きそうになった。

――余計な事を考えてはだめだ！

両手でぱちんと頰を叩き、気持ちを切り替える。

『――――よし！　頑張る！』

光る玉を出し、勢いをつけて上半身を起こすと、重いコートが軀の上から滑り落ちた。

『ん？　……誰のコート？』

ミナトは床に落ちてしまったコートを拾いあげ、眺める。

ぼんやりと覚えている。

昨夜、誰かがいた。寒さに震えているミナトを気遣い、コートをかけてくれた。

コートはひどく汚れくたびれていたが、元は豪奢《ごうしゃ》なものだったらしい。黒をベースに、銀糸で繊細な縁飾りが施されている。ミナトよりずいぶん大柄な人のもののようだ。

誰がこれを貸してくれたんだろう。

コートをきちんと畳んで寝床の端に置き立ちあがると、ミナトは裸足で洞窟を上へ上へと歩いていった。地上が近づくと、まばゆい光が差しこんでくる。

ついに出口に立ったミナトは手を翳し、目元に陰を作った。暗い場所から出てきたせいか、世界が白い光で溢れているように思われた。

「おはよう、ミナト」

チュニックとトラウザーズ姿のクロードが毛皮のはぎれを持って立ちあがる。輝くような微笑みに、ミナトは思わず視線を泳がせた。

朝陽の下で見るクロードは殊のほか麗しく、同じ男だとわかっていても気後れしてしまう。

「よく眠れたか？」

シルヴィは長い赤毛をハーフアップにして、簪《かんざし》のような髪飾りで留めていた。木の皮で編んだ籠《かご》が足下に二つ置いてある。

手を引かれ岩に腰を下ろすと、クロードが靴代わりなのだろう毛皮を素足に縛りつけてくれた。

『あ……ありがとう、くろーど』

「さあ、顔を洗いにゆこう」

クロードが貴婦人をエスコートするような優雅さで、ミナトを森の中へと導く。クロードの手は昨日感じた通り熱く、心地いい。

木漏れ陽があたるたび、一歩先を歩くクロードのプラチナブロンドがきらきらと輝く。

ここにいる人は皆とても綺麗だ。ここにはいないギーも——感情が昂《たか》ぶると獣のように燃え立つ金色の瞳を思い浮かべ、ミナトは小さく身震いした——クロードやシルヴィとはまた違う意味で美しい。

昨日も来た泉で顔を洗って喉《のど》を潤す。濡《ぬ》れてしまった前髪を後ろに掻きあげてふうと息を吐けば、拭《ぬぐ》いきれない雫《しずく》がぽたりぽたりと顎《あご》から落ちた。

なにげなく雫の行方を目で追い、ミナトは動きを止める。

『誰、これ。——僕、いつの間にこんなに大きくなったんだろう……？』

水面に映る己は、少年というより青年に近かった。

なんだか鬱陶《うっとう》しいと思ってはいたが、眉毛にも届かなかった前髪がずいぶん長くなっている。身長も伸びたようだ。手足の長さのバランスも顔立ちも変化している。

『僕、十四歳じゃなかったっけ』

クラスで一番のチビで、ませた同級生たちについてゆけず、つい数日前にも誰が好きだのおっぱいがどうのという会話に顔を赤くしていたのに、急に大きくなってしまったのだろうか。

はっとして服の裾をめくってみると、小さな頃ガラスで切ってしまった傷が消えていた。

──変だ。一体何が起こっているんだろう？

どうやら事態は当初の予想以上にわけのわからない事になっているらしい。

「ゆくぞ、ミナト」

シルヴィに促され、ミナトは上の空で立ちあがる。シルヴィもクロードもそのまま茸《きのこ》や山菜を採りながら森の中へわけ入ってゆく。

先を歩いていたクロードが振り返って赤紫の実を差し出した。

「ミナト、これはガロワの実だ。ガーローワ」

『がろわ……？　無花果《いちじく》みたいだけど……』

復誦《ふくしょう》するため開いた唇の間に、果実が押しこまれる。

『ん……っ、くろーど！』

吐き出すわけにもいかず歯をたてると、やはり無花果の味が口の中に広がった。

「ミナト、これはミナロの実だ。ミーナーロ」

『みなろ』

「うむそうだ。ご褒美だ。食べてよいぞ」

またしても名前を覚えたばかりの果実を口の中に入れられ、ミナトは目を白黒させる。よく熟した甘い果実は空腹に染み入るようだったが、これではまるで餌《え》づけされているようだ。

「お、ミナト。あそこに茸がたくさんあるぞ」

太い木の根本に無数の笠《かさ》を広げていた茸が摘まれ、籠の中にしまわれた。ミナトも少し離れたところにたくさんの茸が生えているのを発見し、採りにいこうとするが、あと一歩というところでなにかにぶつかってしまう。

『あれ……?』

なにもなかった空中に、青い光が蜘蛛《くも》の巣のように広がり、消えた。

尻餅《しりもち》をついたまま、ミナトは目を擦ってみる。

『なに、今の』

目の前には森が続いているようにしか見えない。すぐ脇を羽虫が普通に飛んでゆく。それなのにミナトが手を伸ばしてみると、やはり餅のような壁に遮られた。触れた途端、先刻と同じように青い光が広がり、消えてゆく。

静かなクロードの声が聞こえた。

「それは結界だ。それ以上外には行けない」

ミナトにはクロードがなにを言っているのかわからなかった。

『くろーど？　これなに？　あそこにある茸、あれを採りたいんだけど、あっちには行けないのかな……？』

どこかに穴でも空いていないかと手で探ってみるが、柔らかな見えない壁は横にも上にも広がっているようだ。壊せないかと叩いてみると、クロードがミナトの肩に手を置き止めた。

「無駄だ。見なさい」

常に携えている長い杖を、クロードが頭上で回転させる。先端の鉤型《かぎがた》の装飾が思い切り壁に叩きつけられた刹那、視界が青に染まった。

蜘蛛の巣状の青い光が波紋のように広がってゆく。どうやら半球状の壁がクロードたちが暮らすこの森をすっぽり覆っているようだ。

もしかして、ここからは出られないんだろうか――？

『――あ――』

胸の中に、ぽつりと黒いシミのような不安が生じる。無視しようとしたが、それはみるみるうちに版図を広げていった。

触れなければ完全に不可視の柔らかい壁？　そんなものが森一つを覆っている？　――なんのために？

忘れ去られた虫籠の中で干からびてゆくコオロギのイメージが頭を過《よ》ぎる。

なんだかひどく気分が悪くて立っていられなくなってしまい、ミナトはその場に崩れるようにしゃがみこんだ。

「ミナト……!?」

クロードが心配そうに顔を覗きこむ。ミナトは手を伸ばしてクロードのチェニックの裾を握った。

――こんな世界は知らない。

心が拒絶反応を起こす。

不可解な状況に。見知らぬ世界のすべてに。そしてここから逃れられないかもしれないという厭《いや》な予感に。


鳥が鳴き交わす声が聞こえる。

ミナトは柔らかな苔《こけ》の上に横たわり、腕で目元を覆っていた。

シルヴィとクロードは少し離れたところで、食べ物の採取を続けているはずだ。本当はつき添ってくれようとしたのだが、ミナトが断った。

少しでもいい、一人になりたかった。

――大丈夫。きっと帰れる。青い壁の事だって気にする事はない。クロードたちだって生まれた時からここにいたわけではないだろう。ちゃんと勉強して言葉がわかるようになれば、きっと外に出る方法を教えてもらえる。

——でも、それって、一体、いつ？

気が遠くなりそうだった。叫び出したい衝動をミナトは押し殺す。

今、なのに。今すぐうちに帰りたいのに。

『自棄《やけ》になっちゃだめだ。助けてくれたクロードたちにも悪い。急に取り乱したりして、きっと二人ともびっくりしてる』

こんな事ではいけないとミナトは反省する。なんのゆかりもないのに面倒をみてくれている彼らに、これ以上迷惑をかけてはいけない。

『強く、ならなきゃ』

剝《む》き出しの足を濡れたなにかでふにふにとつつかれ、ミナトは己に気合を入れた。

シルヴィたちが戻ってきたのだと思って起きあがり、息を呑む。

『なに……これ……』

コバルトブルーの蝶が何匹も周囲を舞っていた。初めて目覚めた時にたかっていた、赤い羽つき蜥蜴もいる。

素足に鼻を寄せていたのは、ベビーピンクのウサギだ。ただし、額に赤い宝石が埋まっていた。三羽いるどれにもついているという事は、これはそういう生き物なのだろう。

勝手に膝の上に乗りあがってこようとするウサギに戸惑っていると、さらに茂みの中からアイスブルーの狼《おおかみ》が現れた。ミナトの傍まで来ると撫《な》でてくれといわんばかりに腹を見せ、甘えた鼻声をあげる。

『触っても、いいんだよね……？』

恐る恐る柔らかな白い毛で覆われた腹を撫でてやると、狼は身をくねらせて喜んだ。よくよく見るとこの狼には、尻尾《しっぽ》が三本生えている。

もっとと鼻を鳴らされ応じていると、どさりとなにかが落ちる音がした。振り向くとシルヴィとクロードがいた。シルヴィの足元には籠が転がり、茸や山菜が散乱している。二人とも鮮やかな色彩に取りまかれたミナトに驚いているようだ。

『ね、しるう゛ぃ！　ナニ、これ』

「すごいな、精霊だ」

『セイ、レイ……？』

「私も見るのは初めてだ。精霊は人前には滅多に姿を現さない不思議な生き物で、例外なく鮮やかな色をしており、殺すと少しずつ塵《ちり》になって消えてしまうと聞いている。なにも食べないし人に危害を与える事もないから、絵画ではよく清らかさと無邪気さの象徴として描かれるな」

クロードが近づくと、狼は素早く起きあがって腹を見せるのを止めた。はあはあと喘《あえ》ぎながらさりげなくクロードを警戒している。

「ミナトは精霊に好かれるようだな」

クロードが籠の中から取り出した果実をミナトの目の前に差し出した。

『あ、ミナロの実』

「ああ、そうだ。よく覚えたな」

また唇に果実を押しつけられ、ミナトはなんだかなあと思いつつ口に含む。

『ありがとう……あ、ありがとうって、なんて言うの?』

「うん?」

シルヴィとクロードが顔を見合わせる。

『えーと、そうだ、僕がしるゔぃになにかをあげたとするでしょう? そういう時、なんて言う?』

膝の上で鼻をひくひく動かしているウサギの一羽をぽんと渡し、満面の笑顔で口をぱくぱくさせてみせると、シルヴィは考えこんでしまった。

「む。礼を言う時の言葉を知りたいのか? ふむ……そうだな……」

シルヴィの顔に悪戯《いたずら》っぽい笑みが浮かぶ。

「よし。謝意を表す時にはな、〝大好き〟と言うのだ。そしてこうする」

いきなりシルヴィにハグをされ、ミナトの腰が引けた。

『えええ!?』

「わかったか？　大好き、だぞ。だーいーすーきー」

『ダ、イ、ス、キ？』

クロードが面白そうに眉をあげる。

「それから、ぎゅ、だ」

来いとばかりに両手を広げられ、ミナトは逃げ腰となった。シルヴィのように綺麗な女性に抱きつくのは恥ずかしい。

「ミナト？」

だが、とミナトは気合を入れる。シルヴィは親切で教えてくれているのだ。思い切って柔らかな軀を抱き、ぱっと離れる。真っ赤になって下を向いたミナトに、シルヴィがふるりと軀を震わせた。

「本当に、なんてかわゆいのだ、ミナトは！」

『ひゃ……や!?』

逃げる間もなくぎゅうぎゅうと抱き締められる。もがくミナトに蹴られてはたまらないと、精霊たちが迷惑そうに距離を取った。

それからもしばらく精霊と戯れ、太陽が傾き始めてから、ミナトたちはようやく腰をあげて来た道を戻った。

泉に戻ると、ギーが一人ぽつんと水辺の巨岩の上に立っていた。揃って姿を現した三人をじろりと一瞥《いちべつ》すると、森の中へと消えてゆく。

昨日焚き火をした場所にはすでに新たに集められた薪が積みあげられており、下処理された肉も置いてあった。

——もしかしてギーは、ずっと僕たちの帰りを待っていた？

ミナトの手の中に一日かけて集めた収穫物の入った籠が置かれる。

「ミナト、これをギーに渡しにいってくれぬか。その間に我らは食事の用意をしておく。すんだらギーを連れて戻ってくるのだぞ」

『あー、ツレテクル……？』

「そう、連れてくるのだ。そら、見失うぞ」

シルヴィがギーの消えた方向を指さすのを見て、ミナトはなんとなく意図を理解した。小走りに森の中へと入る。だがすでに、ギーの姿はどこにも見えない。

『にーに！』

早く追いつこうと、ミナトは鳥の声しか聞こえない緑の中を走った。

揺らさないよう気をつけていたのに、籠から茸が一つ転がり落ちてしまう。しまったと思った刹那、今度は木の根がミナトの足をすくった。

あ——————！

どさりと重いものが落ちる音が響く。だが、予期した衝撃は襲ってこない。

『にーに……？』

ギーが派手に転びかけたミナトの服を捕まえていた。ひょいと地面に下ろされ、ミナトは胸の上を押さえる。まだ心臓が激しく脈打っている。

『あ……ありがと、にーに……。あ、違う。その……ダイスキ』

思い切って抱きつくと、ギーが固まった。

「ミ、ミナト……っ⁉」

ギーの軀が一際熱くなる。驚いてぱっと離れると、ギーが驚愕《きょうがく》の表情でミナトを見つめていた。

『あれ？　ありがとうって、これでよかったよね……？　あっ、籠……！』

持っていた籠は二つとも地面に転がり、中身がぶちまけられていた。ミナトはおろおろと零《こぼ》してしまった中身を拾い集める。届けろと頼まれたのに、これではだいなしである。

ギーはしばらく難しい顔でミナトを見下ろしていたが、やがて拾うのを手伝い始めた。元通りに中身がつめこまれると、ミナトは改めてギーへと籠を差し出す。

『にーに、これ……』

ギーが籠を受け取ると、ミナトはもう一方の手を握った。

『あの……来て？』

硬くごつごつした手を握って泉の方へと引っ張っていこうとしたものの、逆にギーにひっぱられ、ミナトは森の中にある小さな空き地へと連れていかれた。ミナトと歩いていても、ギーは足音一つ立てない。本当に獣のようだ。

ギーは苔で覆われた倒木に座ると籠を膝の上に載せ、中身を次々に取り出しては背後に投げ始めた。手元に残されるのもあるが、ほんの僅《わず》かだ。

『捨てるって事はそれ、毒茸なのかな？　シルヴィもクロードも選別できないって事だよね？すごいね、にーには。強い上にいろんな事を知っていて』

黙っているのも気まずくて、思いついた事を囀《さえず》っていると、ギーがつと手を止め溜息をついた。

「おまえは自分がさっき言った言葉の意味がわかっているのか？」

『ナニ？　イミ？　イミ、ナニ？』

〃意味〃という単語は初めて聞く。ミナトが食いつくと、ギーの口元にほろ苦い笑みが浮かんだ。

「やはりあいつらに好きに遊ばれているだけ、か。……それは俺も同じか」

籠の中から出てきた木の実がいくつか手の中に落とされる。シルヴィたちが食べさせてくれた果実のどれとも違うその実を、ミナトはまじまじと眺めた。

食べていいいって事だよね？

試しに少しだけ齧《かじ》ってみると、甘さが口の中に広がる。茶色い、地味な外見の木の実は、今日味わった中では一番の美味だった。

『うわ、おいし！　にーに、ダイスキ！』

顔を綻《ほころ》ばせ謝意を表現するミナトからギーは目を逸《そ》らす。

ミナトはもらった実を半分食べると、もう半分をポケットにしまいこんだ。甘さが口に残るので、残りは水がある場所で食べようと思ったのだ。

ギーは最後の茸を背後に投げ捨てると、遠くを見つめた。

「ミナト。今こんな事を言ってもわからないかもしれないが、俺は王族というものが嫌いだ」

ギーに倣《なら》って前を見たミナトは、向かいの茂みの陰でベビーピンクの毛玉がひょこひょこ動いているのに気がつき目を凝らした。

「おまえは子供だから守ってやるが、慣れあう気はない。あまり俺に近づくな」

昼間見たのと同じ額に宝石を光らせたウサギが茂みから顔を覗かせ、そろそろと近づいてくる。細すぎるほど細い足首に身を擦り寄せてきたそれを、ミナトは抱きあげた。

『オウゾクって、ナニ？』

艶やかな毛並みに頬擦りしながら知らない単語を尋ねると、ちらりとミナトを見遣ったギーが動きを止める。

『にーに？』

精霊ウサギを腕でくるみ微笑むと、ギーは背中を丸めて両手の中に顔を埋めてしまった。はー、とひどくくたびれたような溜息が聞こえる。

「……もういい。おまえが言葉を解すようになったら改めて言う」

『にーに？　選別が終わったなら、皆のところへ戻らない？』

ミナトがウサギを抱いたまま立ちあがり、ギーの手を引っ張る。ギーは胡乱《うろん》な目つきをミナトに向け、忌々しげに呟いた。

「そういうふうに愛想を振りまくのは俺を利用するためか？」

『あ、その籠は僕が持つね。ほら、行こう？　そうだ、セイレイって珍しいんだよね？　この子抱いてみる？　ふわふわですっごく気持ちいいよ？』

「そんな事せずともここにいる間は面倒を見てやる。媚《こ》びを売るのはやめろ。不愉快だ。俺はおまえたちの本質を知っている。おまえらにとっては俺など、道端に生えている雑草にすぎない。今は助けて欲しいから縋《すが》るが、必要なくなればあっさり踏み潰す——その程度の存在だ」

『もしかしてお腹減ってる？　そっか、僕たち、朝もお昼もその辺で見つけたもの食べてすませたけど、にーには別行動だったし』

ミナトは先刻ポケットにしまった実を一つ取り出すと、ギーの口元へと差し出した。

『はい、にーに、お裾分け』

ギーの金色の瞳が、凶暴に細められる。

「俺は別に腹が減って怒っているわけではないぞ」

威嚇するギーは怖かったが、ここで脅えてはもう話しかけられなくなってしまう気がして、ミナトは踏ん張った。

『遠慮しないで、食べて?』

ふに、と唇に実を押しあてると、ギーが凄《すご》みのある顔つきでミナトを睨みつける。だが笑顔を崩さず見あげていると逆らえなくなったのだろう、とうとう苛立たしげに木の実を嚙み砕いた。

「くそ……っ」

籠をひったくって歩き出したギーのあとをミナトも足早に追いかける。

『にーに、僕だって籠ぐらい持てるよ?』

ギーが肩越しにミナトを睨み据える。だが小柄なミナトがギーについてゆけず息を弾ませているのに気がつくと、足どりを緩めた。

『にーに?』

無言でミナトの手を取り、暗くなり始めた森の中を歩く。ギーの手はクロードと同様に、ひどく熱く感じられた。

＋　＋　＋

洞窟で暮らし始めてから一週間が経ち、ミナトはだいぶ異世界の日常に馴染《なじ》んだ。

朝、顔を洗うと、毎日シルヴィとクロードと三人で食べ物の採取に出かける。だが、いつもたっぷり毒茸を採ってきてしまうので、実質的な収穫は僅かだ。

皆の生活を支えているのは、ギーだった。

毎日一人でふらりと出かけていっては、ウサギや鳥を狩ってきてくれる。毒茸や食べられない山菜の選別もしてくれる。

刃物の手入れができるのはギーだけ。寝床などに使っている毛皮もギーが加工したのを分けてもらっているらしい。

誰よりも有能で献身的に働いているのに、ギーは皆に馴染もうとしなかった。不器用な人だなとミナトは思う。尊敬されてしかるべきなのに、ぶっきらぼうな態度のせいで損をしている。

少しなりとも皆の役に立てるようになろうと、ミナトはギーが狩りから帰ってくるとあとをついてまわるようになった。獲物の処理をしたり茸の選別をする様を見て真似をする。ギーは迷惑そうだったが、ミナトを追い払おうとはしなかった。見分けるポイントやコツを示してくれる事もある。

シルヴィやクロードは折に触れて新しい言葉を教えてくれた。

日常的に使う言葉は覚えやすかったものの、観念的な内容を伝えるのは難しく、ミナトはまだ異世界から来た事すら伝えられていない。帰り道を教えてもらえるようになるまで、まだまだ時間がかかりそうだ。

その日は早くに森から戻れ、ミナトは寝床の掃除をしていた。草の束で掃き清めて虫干しした毛皮を広げ、端に置いてあった黒いコートを抱き締める。

借りっぱなしでは悪いだろうと一度シルヴィに渡して、誰とも知れぬ持ち主に返してもらおうとしたのだが、翌朝起きてみるとミナトはまたコートにくるまっていた。ありがたいが、持ち主が寒がってないかミナトは心配だ。洞窟はいつも弱い風が吹いていて薄ら寒い。時々風が抜けるからか、奇妙な音が聞こえてくる事もある。

『ん？　風の音じゃない……？　声が聞こえる……？』

かすかに啜《すす》り泣くような声が洞窟の奥から聞こえてくるような気がして、ミナトは耳を澄ませた。

――やっぱり、誰かいる。

シルヴィたちは相変わらず毎日洞窟の奥に食べ物を運びこんでいるが、誰かいるのかと尋ねても、皆、口を濁し教えてくれない。

――どうして隠すんだろう。

シルヴィたちがミナトに言えないような悪い事をしているとは思わないが、気になる。

音に誘われるように洞窟の奥へと歩き出す。どこからか入ってきた精霊ウサギが一羽、足下にまとわりつくようにしてついてくる。

人が一人通るのがやっとの細い通路は、岩壁に足音が反響して不気味だ。やがてぼんやりとした光が見え始めると、ミナトは足を早めた。

壁に設置された光る玉が、小さな窪みを照らし出している。淡い光の中で泣いているのは、十歳くらいの少女だ。

『君——誰？』

ミナトの呟きに、少女は弾《はじ》かれたように目をあげた。濡れた碧《あお》い瞳の美しさに、ミナトは息を呑む。

豊かに波打つ金髪が背を流れ落ちている。身にまとうドレスはシルヴィと同じように薄汚れてはいるが真珠色の光沢を帯び、粗末な寝床の上にふんわりと広がっていた。

ミナトも痩《や》せているが少女の方がもっと痩せており、今にも消えてしまいそうだ。

『あの……ねえ、ダイジョウブ？』

おずおずと近づいてゆくと、少女は脅えたように壁に身を寄せ縮こまってしまった。ミナトは慌ててにっこりと微笑み、害意がない事を伝えようとする。

『なにもしないよ、怖がらないで。ドウシタノ？　どこか痛いのかな？　あ、この子、撫でてみる？』

少女が足下の精霊ウサギを見ている事に気がつき差し出してみるが、やはり少女はぽろぽろと涙を零すばかりで手を伸ばそうとしない。

ミナトは困ってしまった。

この洞窟の中にいるという事は、クロードたちの仲間なのだろうけれど、どうして地上に出ず、こんな地中奥深くで泣いているのだろう。どこか悪いのだろうか。怪我か病気か、それとも精神的なもの……？

虚ろな少女の眼差しに、頭の芯《しん》が冷えてゆく。

『おなか減らない？　外に出ようよ。今日はすごくいい天気だよ？』

遠慮がちに手を取ると、少女はびくりと軀を緊張させた。出口の方へとそっと引いてみれば、掠《かす》れた悲鳴をあげてミナトの手を振り払う。

『い、いやだった？　ごめんね、いやならいいんだ』

ミナトが離れると、少女はまた静かになった。白い繊手に顔を埋め、しくしくと泣き続ける。

岩壁に、彼女の声だけが反響する。

精霊ウサギは物問いたげにミナトの顔を見あげている。

ミナトはしばらく彼女の様子を眺めていたが、踵《きびす》を返して来た道を戻り始めた。

このままではいけない。

なにかがミナトをうるさくせっつく。

少女の事情などなに一つ知らないけれど、どうにかしてあげたい。

憑《つ》かれたようにミナトは足を早める。

上へ上へと歩いていたミナトは、先刻までの自分と同じように虫干しした毛皮を寝床に広げようとしているクロードを発見し立ち止まった。少し迷ったものの、ローブを引っ張って注意を引く。

『くろーど。あの、チョットイイ？　キテ』

覚えたての言葉を使って誘うと、クロードは快く立ちあがった。

「どうしたんだ、ミナト」

『こっち』

暗い洞窟に二人分の足音が響く。どんどん奥へと歩いてゆくと、クロードがやんわりと引き留めようとした。

「一体どこまで行く気かな？　こんなに奥まで勝手に入ったら、シルヴィに怒られるぞ」

『くろーど、ミテ。あの子』

ミナトが指さした先を見たクロードの表情が、痛みをこらえるようなものへと変わった。

さきの少女が壁際で躯を丸め眠っていた。頬には涙の跡が残っている。

「ノエルを見つけたのか」

『コエ、キコエタ。この子、ダレ?』

クロードは痛ましげな視線を彼女に遣ると、目を伏せた。

「彼女はノエルだ。ノ、エ、ル」

『の、える?』

「そうだ。ラビヨン王国の第二王女」

『ラビヨンって、なんだろう。そういう病気があるのかな……。どんな病気でも、こんな暗くて湿っぽいところに閉じこもっていたらよくない、よね。ねえくろーど、のえるをソトに連れていってあげたらだめ? こんなところに一日中いたら、もっと具合が悪くなってしまいそうだし』

様々な身振りをした末、上を指さしたミナトにクロードは首を振った。

「ノエルは出ていけないんだ。恐怖がこの子の心を打ち砕いてしまったからね」

『のえる? ソト、コワイ?』

クロードが重々しく頷く。

「そうだ。だから上へは行けない」

『……そっか』

外には出られないのか。

ミナトは寝台代わりの窪みの縁に腰かけると、そばにあった毛皮を薄い肩にかけてやった。

張りつめた眼差しがノエルに注がれる。

『のえる、ヒトリ、ココ、カワイソウ。マタ、クル、イイ……？』

「もちろんかまわない。彼女の友だちはもう、皆、いなくなってしまったから仲よくしてくれると嬉《うれ》しい」

『ねえ、くろーど。のえる、ナク、ナゼ？』

クロードの顔が強張《こわば》った。

『くろーど？』

物問いたげなミナトからクロードは顔を背ける。

「あと十日もすれば、知りたくなくてもわかる」

『ナニ、ワカル？』

「……いかに自分が無力な存在であるかが、かな」

ミナトは首を傾げた。

クロードの雰囲気がいつもと違う。

『ワカラナイヨ、くろーど……？』

もっとわかるように説明して欲しかったが、クロードは答えようとしなかった。

気になったがミナトはそれ以上聞かなかった。あまりしつこく食い下がって質問責めにしたりしたら、いくら寛大なクロードでもうるさい奴だと思うかもしれない。

「そろそろ夕食の支度をしにいこうか」

誘われるままに手を引かれ、ミナトは肩越しに背後を振り返る。

ノエルは眠っている。

その瞼は痛々しいほどに白い。

＋　＋　＋

森の中、ギーは静かに剣の柄に手を添えると、背後を振り返った。

少し離れた木の陰に、黒い蛇が鎌首をもたげている。

魔物だ。

魔物はシャーベットグリーンに染まった尻尾の先をゆらゆら揺らしながらじっとギーを見つめていたが、やがて興味を失ったかのように長い軀をくねらせ、いずこともなく去っていった。

剣から手を放し、ギーは眉を顰める。

この結界の中では魔物は人を襲わない。ミナトが現れるまでギーたちはそう思っていた。実際、ミナトが初めての例外だ。

「なぜミナトだけが襲われた……？」

訝しげに呟いたものの答えるものはない。ギーは狩りを再開し、子鹿を仕留めた。

獲物を肩に担ぎ泉のほとりへと戻る。すでに採取から戻ってきていたクロードとシルヴィが細かな作業をしているが、いつも『にーに』と満面の笑みを浮かべ走ってくるミナトの姿がない。

「ミナトはどこにいる」

珍しく声をかけてきたギーに、シルヴィが作業の手を止めた。

「ミナト？　そういえばさっきから姿が見えぬな」

ギーの眉間に皺が寄る。

「まさか一人で森に行かせたのか？　今日も魔物がうろついていたのに」

重い獲物を下ろすと、ギーは森に取って返そうとした。

危険なのは魔物だけではない。ギーたちが袂《たもと》をわかった王子たちもまた森をうろついている。

「落ち着け。ミナトなら、ノエルのところだ」

クロードの言葉にシルヴィが反応した。

「ノエル？　なぜミナトがノエルの事を知っているのだ？」

「泣き声が聞こえたんだそうだ」

ギーが声を荒らげた。

「ミナトをノエルに会わせたのか？」

「会わせたわけじゃない。彼が自分で見つけたんだ。大丈夫だ。驚いてはいたが、そうひどいショックを受けたようには見えなかった。それにどうせほどなく真実は知れる」

ギーが唇を引き結ぶ。

ミナトは人懐こくて素直な子だった。不満一つ言わずここに馴染もうとしている。おとなであっても現実を認められず醜態を晒す者が多いのを思うと、これは驚くべき事だ。

だが、決してなにも感じていないわけではない事は皆が承知していた。ミナトは時折、ひどく淋しそうに遠くを見つめている。

子供というのはただでさえ未熟で感じやすい存在だ。いくら表面上は平静を保っていても、結界に閉じこめられ不自由な生活を強いられるという異常な状況下にあって、あんな状態になったノエルを見たら、心の平衡を失いかねない。

ミナトにノエルは会わせない。それで意見は一致していたはずだった。同様の理由で、これから何が起こるのかも、ミナトには伏せられている。

シルヴィが諦めたように肩の力を抜いた。

「仕方がないな。まあ、これを機に、ノエルがミナトからいい影響を受けてくれればよい」

「……無責任な……」

「そうか？　だが実際におぬしという例があるではないか。おぬし、ミナトが来てからずいぶん変わったぞ。あの子が傍にいると、眉間の皺が浅くなる」

ギーの口端が引き下ろされる。

「――――くだらん」

ぶっきらぼうに吐き捨て、ギーは長身を翻した。大股に洞窟の方へと向かってゆく。

ギーの姿が消えると、シルヴィの顔から笑顔が消えた。

「不愉快な奴だ。なぜあやつはああもクロードにつっかかるのだ？」

「そう怒るな。私はギーの思う〝王族〟そのもののような人間だからね。仕方がない」

独り言めいた呟きに、シルヴィが鋭い視線を投げる。

「どういう意味だ？」

「さて」

膝を払って立ちあがったクロードが洞窟へと目を向ける。

＋　＋　＋

殺風景だったノエルの寝床は、ベビーピンクの精霊ウサギと瑞々しい花とで春の野原のように彩られていた。ノエルの胸元も花の首飾りで飾られている。

ミナトは冷たい石床の上で胡座《あぐら》をかき、料理の時に使う串を削っていた。虚ろな表情で座っているだけのノエルに朗らかに話しかけながら。

『これはね、肉や茸を焼く時に使うんだ。ニク、サス、キ。すごく燃えにくい。えーと、モエル、じゃなくて、モエニクイ、キ、かな』

ノエルの存在を知ってから、ミナトは毎日ここに通っていた。薄暗い洞窟の中に幼い少女が日がな一日独りぼっちでいると思うと、耐え難かったのだ。

どうしてだろう、とミナトは不思議に思う。

自分はそんなに優しい人間だったろうか。

『でも皆、木っていってるけど、これ、竹だよね。魔物なんて生き物がいると思えば無花果や竹があったりするし、この世界って不思議』

ミナトは楽しげにお喋りする。

今日は雲一つない晴天だという事や、朝起きたら精霊蜥蜴が寝床に入りこんでいてとてもびっくりした事、陽の光にきらきら光る水面の美しさ、ひなたでうたたねする幸せを。

小さな女の子は本当に幸せそうに笑うのだという事をミナトは知っている。この子にもそんな風に笑って欲しい。

——一緒に外に行こう、ノエル。

『ノエルにも見せてあげたいな。ノエルは好きなところへ行けるようになったら、どこへ行く？　ええと、のえる、ソト、ドコ、イキタイ？　ナニ、シタイ？』

ノエルはぼんやりと宙を見つめている。

『僕は——僕は』

楽しい事だけを並べるつもりだったのに、ふっと本心が零れ出た。

『イエニ、カエリタイ』

ノエルの金色の睫毛《まつげ》が、僅かに震える。

『僕はね、ここととは違う世界から来たんだ。ボク、イエ、トオイ。カエリミチ、ワカラナイ。でも、早く家に帰りたいんだ。帰って、お母さんに会いたい……』

いつもうちの中に漂っている甘いミルクの匂い。キッチンで動きまわるお母さんの気配には、たとえようもない安心感があった。ミナトは妹を膝に乗せ、キッチンの椅子に座っている。足をぶらぶらさせながらお父さんの帰宅を知らせる呼び鈴が鳴るのを期待して——。

ぽとり、と。膝に透明な水滴が落ちた。

いけないとミナトは思う。泣いたりしたら、ノエルがびっくりする。

『あれ、目にゴミでも入ったのかな……』

拳で目元を擦って乱れかけた呼吸を整え、何事もなかったように微笑もうとして、ミナトははっとした。

ノエルがまっすぐにミナトの顔を見つめていた。

なぜだろう、なんだか自分で自分の心のうちを覗いているような、不思議な心持に襲われる。

「――な、ぜ？」

細い、いとけない声に、鼓膜だけでなく心まで震えたような気がした。

――なぜ？

『カゾク、ニ、アイタイ、カラ……』

ようやく絞り出した声は震えていた。

ここには、お父さんもお母さんも妹もいない。ミナトの大事なものは全部あちら側にある。

ここはミナトのいるべき場所ではない。だから――。

でも――本当に？

ミナトは息をつめた。己の心のうちをしげしげと見つめる。だが求めるものを掴む前に、あたたかいものがミナトの背を包みこんだ。

『くろーど……？』

冷たい地面に座りこみぽろぽろ涙を流していたミナトの軀がひょいと持ちあげられる。クロードが寝床の端に座り、いやになるほど居心地のいい膝の上にミナトを下ろした。いつの間にかシルヴィやギーまでいるのに気づいたミナトは焦って涙を拭《ふ》く。

——うう、恥ずかしい。

縮こまるミナトの拳がクロードの大きな掌に包みこまれた。

「手が傷だらけだ」

お喋りにかまけていたせいか、包丁代わりにしている切れ味のよすぎるダガーのせいか、ミナトの手は切り傷だらけになっていた。傷の上にくちづけられて、ミナトはどぎまぎしてしまう。

「シルヴィまで、なにを泣いているんだ？」

笑みを含んだ声に見あげると、驚いた事にシルヴィの目にも大粒の涙が光っていた。

「我もミナトと同じだ。帰りたいし、家族に会いたい。——おぬしとて同じ気持ちであろう？」

「さて、どうだろう」

クロードは目を伏せ微笑む。

「しかし困ったな。君たちを必ず国に帰してやると約束してやりたくてたまらない。だが私には多分——」

クロードが言い淀《よど》む。

外に出るというのは、そんなに難しい事なのだろうか。

「だが最後まで力を尽くすと誓おう。――魔王を倒すために」

――〝マオウ〟って、なんだろう?

尋ねようとした時にはクロードはもう両手を広げていた。近づいてきたシルヴィをハグして頰にキスしたあと、ミナトも抱き締める。大きな軀にすっぽりと包みこまれ、ミナトは慌てた。

――まさか僕の頰にもキスする気?

クロードにとっては、単なる挨拶《あいさつ》なのかもしれないけれど、恥ずかしい。あわあわしているうちにクロードの顔が近づく。あと少しで触れてしまう、というところで、クロードが小さな声をあげて頭を仰《の》け反《ぞ》らせた。

「ノエル……」

皆が息を呑む。

小さな手が、クロードの髪を引っ張っていた。

ずっと、魂を失った人形のようだったノエルが、クロードの髪を放し、ミナトの手を引っ張る。無表情なのは変わらないが、そこには明確な意思があった。クロードの膝から下りたミナトは、こみあげてくる感情のままノエルの華奢な軀を抱き締めた。

『ダイスキ』

陽にあたらないため透き通るように白いノエルの頰に、さあっと赤みが差す。

ノエルの花冠からちいさい桃色のはなびらが散った。二人の背後でギーもミナトとノエルの

姿を見つめていた。その瞳にいつもの苛烈《かれつ》な光はない。

＋　＋　＋

「我はミナトと結婚しようと思う」

シルヴィの唐突な宣言に、一緒に焚《た》き火を囲み食事をしていたクロードとギーが目をあげた。泣いて疲れたのだろう、ミナトは食事の途中だというのに舟をこいでいる。

「どうしたんだ、急に」

「ミナトが、外に出たらなにをしたいかノエルに聞いていたであろう？　我も考えてみたのだ。ここから出たら、なにをしたいか」

「それでミナトと結婚か。だが、シルヴィには婚約者がいなかったか？」

クロードが傍らに積みあげられた薪《まき》を焚き火に投げ入れる。

「いるが、我が赤ん坊の時に父上が勝手に決めた相手だ。祖父でもおかしくない年齢の将軍なのだぞ？　死地から帰ってまで結婚したくない。そもそも我はむさくるしい男が大嫌いなのだ。ごつくて汗臭い騎士に寄ってこられると、それだけでじんましんが出る。その点ミナトは臭くないし、性格も素直だし、かわゆい」

クロードが立てた膝《ひざ》に頰杖《ほおづえ》をついた。

「そうか、困ったな」

「うん？　何が困るのだ？」

「私もミナトが欲しいんだ。シルヴィと争うのは心苦しい」

シルヴィの顔色が変わった。

「なに⁉　なぜおぬしがミナトを欲しがるのだ」

ふふ、と含み笑い、クロードは豪奢《ごうしゃ》なプラチナブロンドを見せつけるように掻《か》きあげた。

「シルヴィと同じだよ。ミナトは可愛《かわい》い。精霊たちと戯れている姿を見ているだけで心が癒《いや》される。おまけにミナトは私に話しかけられると、照れてしまうらしい。あのなめらかな頰を薔《ば》薇《ら》色に染めて俯《うつむ》く様を見るたび、なんというか——そう、ときめく、という言葉の意味を嚙《か》み締めるよ」

シルヴィは両手の串《くし》を握り締める。

「だめだ！　ミナトに手を出すでない！　クロード、おぬしは国に大勢恋人がいるのであろう？　我は知っておるのだぞ、おぬしが色事の方でも勇名を轟《とどろ》かせているという事を！」

菫《すみれ》色の瞳が妖《あや》しい光を宿した。

「やめてくれないか、シルヴィ。王宮の腹黒いご婦人方などミナトの足下にも及ばない。ミナトは突然こんなところに放りこまれたというのに泣き言一つ言わず一生懸命仕事を覚えようとして実に健気《けなげ》だ。ノエルに見せた優しさにも心を打たれた。あの子となら、一生雲のようなふわふわの幸せにくるまれていられるような気がする」

それまで黙って食事をしていたギーが、使用済みの串を火の中に投げこんだ。

「いい加減にしろ。ミナトは子供だぞ。妙な真似をしたら許さん」

「おや、それは牽制《けんせい》かな？　君もミナトが好きなのか？」

クロードの軽口に、ギーの目が金色に光る。

「冗談だ、ギー。それよりも——本当に君はミナトを子供だと思うか？」

眠っているミナトの手から串を取り上げ、クロードは意味ありげな視線を投げかけた。

シルヴィが首を傾《かし》げる。

「子供であろう？　躯《からだ》は薄っぺらいし、膚《はだ》はつやつや。言動も幼いではないか」

「小さくて華奢《きゃしゃ》に見えるが、ミナトは私たちとは骨格や肉づきが違うぞ。それにこの子の躯には傷一つない。まるで今、生まれたばかりのようにね」

シルヴィの声が高くなる。

「確かめたのか!?」

クロードが目覚める様子のないミナトを引き寄せ膝枕をしてやると、シルヴィとギーの目つきはますます剣呑なものとなった。

「男同士だ。一緒に水浴びしておかしい事など一つもないだろう？　――ミナトは魔力の流れもおかしいが、軀と心の間にも齟齬《そご》があるようだ」

「うむ。つまり――どういう事だ？」

「ミナトは私たちが思っている通りの年齢ではないのかもしれない」

無垢《むく》そのものの寝顔を晒《さら》し昏々《こんこん》と眠るミナトを三人は見つめる。

ずっと子供だと思っていたが、もしそうでないならば――？

にわかに空気が熱を孕《はら》む。三人の視線が交差する。

＋　＋　＋

寝床の中で、ミナトはしげしげと自分の両手を眺めていた。

痛くない。

ダガーで刻んだ傷が、いつの間にかどれも塞《ふさ》がっていた。派手に血が出たのもあったのだが、見た目ほど酷《ひど》い傷ではなかったのだろうか。

一緒に寝床に潜りこんできていた精霊ウサギが鼻をひくつかせる。

ぼんやりとした光に気がつき上半身を持ちあげると、シルヴィがいた。

『しるゔぃ？　ドシタ？』

シルヴィは思いつめたような表情をしていた。

「寒くて眠れないのだ。一緒に寝てもよいか？」

『え……？』

小さな子供ではあるまいし、うら若い女性がそんな事をしてはいけないのではないだろうかとミナトは戸惑ったが、シルヴィはさっさと精霊ウサギを除《の》け、寝床に入ってきてしまった。

『寒いならこんなに胸元開けちゃだめだよ、しるゔぃ』

仕方なく端に寄ったミナトが、シルヴィのショールの飾りボタンを全部ループに止め、胸元をしっかりと覆い隠す。恐らく年上なのだろうがシルヴィにはつい世話を焼きたくなるようなところがある。

「……そうではないであろう？　ミナト」

半眼になったシルヴィに鼻を摘《つま》まれ、ミナトはふがふがと悲鳴をあげた。

『な……ナニ？　ジブン、ナニかワルイ事、シタ……？』

「したぞ。この上もなく失礼な事をな。女性が男性の寝所に忍んできたのだ、する事など一つであろうが。我はそんなに魅力がないか？」

『ミリョク……？』

未修得の単語ばかり並べ立てられ、ミナトは不思議そうに首を傾げる。夜這《よば》いをかけられているのかもしれないとは欠片《かけら》も考えない。シルヴィは寝そべると肘《ひじ》を突き、ミナトの顔を覗《のぞ》きこんだ。

「のう、ミナト。聞かせてくれ。我とギーとクロード、結婚するとしたらこの三人のうち、誰がいい？」

既に〝ギー〟が〝にーに〟を指す事にミナトは気づいていた。だが、わざわざ違う呼称を教えたという事はそう呼んだ方がいい理由があるのだろうと素直に思っている。

『ケッコン？　ナニ？』

「結婚の意味か。そうだな……」

いきなり身を乗り出してきたシルヴィにちゅっと頰にキスされ、ミナトは固まった。

『しるうぃ……？』

「おぬしがキスしたいと思う相手は誰だ。いつも共にいたい、命を捧げてもいいと思う相手は？」

真剣な眼差《まなざ》しにミナトは悟る。

――シルヴィは恋話《コイバナ》をしにきたのか！

奥手でこういう話題が苦手なミナトは落ち着きをなくした。

『ナ、ナゼ……？』

「ギーもクロードも、ミナトと結婚したいらしい。我もそうだ」

『嘘《うそ》……』

ぶわっと顔が熱くなる。

でも待って。きっとこれはシルヴィの冗談だ。そんな事があるわけがない。変にうぬぼれてしまわないよう、ミナトは根拠を並べ立てる。

ミナトは皆に面倒をかけるばかりのチビだ。あんなに綺麗《きれい》でおとなのギーやクロードが相手にするわけがない。クロードやギーが好きになるとしたら、シルヴィやノエルに決まっているし、シルヴィだって好きになるとしたら、クロードかギーのどちらかだろう。

うんうんとミナトは一人頷《うなず》く。

ミナトの横腹をシルヴィがつついた。

「ミナト、早く、教えよ。ミナトの一番は誰なのだ?」

『イチバン……?』

シルヴィは、文句なしの美人だ。胸も大きく、男なら誰でも惹《ひ》かれるに違いない。

――でも、とミナトはうっとりとクロードの姿を思い浮かべた。

綺麗すぎるプラチナブロンドに柔らかな菫色の瞳。すごい美貌《びぼう》の持ち主なのに、クロードは気さくで優しくて……ミナトはクロードを見るとシルヴィの胸の谷間を覗きこんでしまった時以上にどきどきしてしまう。

熱くなってしまった頬をミナトは両手で押さえた。

――これって、好きって事なのかな？　クロードは男の人なのに？

「もしかしてギーか？　そういえばこのコートは、ギーのだったな。返したのに、また持ってきたのか。姑息《こそく》な……」

『にーに……？』

ギーがこのコートを貸してくれたのか。

ミナトの脳裏にどこかストイックな空気を漂わせた孤高の男が浮かんでくる。

ギーも素敵だ。ぶっきらぼうなところはあるが、黙々と皆のために働く背中に、ミナトは男のダンディズムとでも言うべきものを感じている。あの金色の目で見つめられると、心の奥底がどうしようもなく掻き乱される。

僕……ギーの事も好きなのかな……？

そう思ったら、胸が切なく痛んだ。

そうなのかもしれないとミナトは思う。本当に二人ともが好きなのかもしれないと。いけない事だとは思わなかった。なぜならミナトは一方的に淡い憧《あこが》れを抱いているにすぎない。現実にそれで困った事になるわけがない。好きなアイドルが二人いるようなものだ。

「ミナト！」

むに、と頬を抓《つね》られミナトは我に返る。いつまでも返事をしないミナトに焦《じ》れ、シルヴィが唇を尖《とが》らせている。

『ミ、ミンナ、イチバン。しるゔぃ、にーに、くろーど、ミンナ、イッショ、イタイ』

「この卑怯者《ひきょうもの》……！」

『うう、だって……にーに、くろーど、しるゔぃ、ヤサシイ。みんな好き』

見知った人などどこにもいないこの世界で、皆、ミナトを助けてくれたのだ。とても感謝しているし、大事に思っている事に変わりない。

「クロードはともかく、ギーを優しいなどと言うのはおぬしくらいのものだぞ。あやつはどの子供たちにも、姫たちにすら怖がられておったのだ」

『怖い……？　にーに、ヤサシイ！　ガンバッテル。悪口言うなんて、しるゔぃ、ヒドイ！』

確かに見た目は怖いかもしれない。だがギーはいつもとろい自分に合わせて歩調を緩めてくれる。そっけないが傷つけるような事は口にしない。

ミナトが憤然と抗議すると、シルヴィは面白くなさそうに突いていた肘を倒した。

「……どう言われようと、あやつは虫が好かぬのだ。たとえ我らのために尽力してくれているとわかっていてもな」

柔らかな曲線を描く肩の上を赤い髪が流れる。いつの間にかまた勝手に寝床にあがってきていた精霊ウサギを、シルヴィは問答無用で捕まえ抱き締めた。

「今、あやつが共にいるのは、飢えつつあった我らを助けるためにクロードが膝を突いて助力を求めたからだ。それまであやつは、肉も木の実も思いのまま手に入れられたのに、我らを助けようとしなかった。我はそういう、利己的な者は好かぬ」

　ミナトの眉間《みけん》に縦皺《たてじわ》が寄った。

『狩りも採取も簡単じゃない。獲物を探すためにーには毎日長い時間を森の中で費やしている。それに僕の知ってるにーには……ヤサシイ。皆が困っているのを知ったら、それとなく助けてくれそうな気がするけど……。しるゔぃ、にーに、イナイ、トキ、ドウシタ？　それなりに生きる糧を得る方法があったんだよね？』

　現在のクロードとシルヴィのサバイバル能力を鑑《かんが》みるに、ギーなしで長期間生き延びられるとは思えない。

「ずっと飢えていた。二週間ほどではあったがな」

『ニシュウカン？　ヨリ、マエ、ドウシタ？』

　飢えていた二週間より前は、どうやって暮らしていたのだろう。

「その前はまだ、こんなところにはいなかった」

『……えーと？』

　首を傾げ、わからないと示すミナトに、シルヴィは溜息《ためいき》をついた。

「ミナトと違って我らは一年半前にここに送りこまれてきたのだ。大陸の人族の三十一の国、すべての王子王女が打ち揃《そろ》ってな。まさかこんなところに食料もなく放り出されるとは誰も思っていなかったゆえ、我らにはなんの用意もなかった。その上、王女の一人がその、皆の前で命を落としてな。我らは恐慌をきたした」

『それって……死んだって事？　ナゼ、シ？』

死んだ王女がいると聞いたミナトは驚いたが、シルヴィは説明したくないらしい。硬い表情で強引に言葉をかぶせ、話を続ける。

「まるで悪夢のようだったよ。国元では王太子より高潔だと讃《たた》えられていた王子もいたが、足手まといにしかならぬ王女や乳離れしたばかりの王子を見捨てていった。子供たちがようやく見つけた食料を奪おうとする者もいたし、恐怖を忘れるために王女を慰み者にしようとする者もいた。クロードが助けてくれねば、我もどうなっていたかわからぬ」

――だがクロードも王宮育ちの王子様だった。森の中で食べ物を得る方法など知らない。

「ギーだけが違った。あやつは生きる術を知っていた。だが、あやつはここに連れてこられると同時に姿を消してな、誰にも近づこうとしなかった。――酷い男だ」

ぎゅうぎゅうと精霊ウサギを抱き締めるシルヴィにとって、つらい日々だったのだろう事はなんとなくわかる。でもミナトには、シルヴィの言葉を額面通り受け取る事はできなかった。

『ごめんなさい、シルヴィ。それでも僕はにーにが悪い人だとは思えない。にーに、シンジル』

シルヴィは唇を噛んだ。

「ええい、わかっておる！　ミナトの言う事は正しい。あやつは全力で我らの求めに応じてくれた。不埒《ふらち》な王子を叩《たた》きのめし、休む間もなく獲物を狩って。それだけ尽くしたのに子供たちや姫君たちは無愛想なギーを怖がって近づこうとしなかった。恩知らずなのは、我らだ。だが、気に入らぬものは気に入らぬのだ！　――おぬしの事も気に入らぬぞ、ミナト！」

いきなり顔に精霊ウサギを押しつけられ、ミナトは仰《の》け反《ぞ》った。

『ナニ、しるゔぃ！』

「王女たる我が勇気をふりしぼってきたというのに、ほんにミナトは意地が悪いっ。次、魔王が来たら、なにがどうなるかわからぬのだ、思い出の一つもくれてもいいではないか！」

もふもふの精霊ウサギといえど、ぐいぐい顔に押しつけられれば苦しい。精霊ウサギもいやなようで、四肢をばたつかせていたが、とうとう我慢できなくなったのだろう、シルヴィの手を噛んで逃げ出した。

「あっ……」

血すら出ていない手を押さえ、シルヴィは肩で息をする。ミナトがもそもそと起きあがった。

『うー、酷いよシルヴィ。それに最後の方、なに言われてるのか全然わからなかった……。イミ、ナニ？』

「もうよい！」

聞き返されたシルヴィが癇癪《かんしゃく》を起こす。憤然と立ちあがり自分の寝床に戻ろうとするシルヴィのショールを、ミナトが急いで摑《つか》んだ。

『しるゔぃ、マッテ。寒いんだよね？　オイデ』

女の人だからだろうか、シルヴィの躯はギーやクロードと違って熱くなかった。風邪を引きやしないかと心配になってしまう。

シルヴィはまだ怒っているようだったが、少し悩んだだけでまたミナトの寝床に横になった。柔らかな躯をミナトは恐る恐る抱き締める。

『マダ、サムイ？　しるゔぃ』

「ほんにおぬしは……」

シルヴィがつんと唇を尖らせる。だがもう怒る事はなく、頰を仄《ほの》かに色づかせてミナトの胸に顔を埋めた。

＋　＋　＋

クロードが渡した籠《かご》を覗きこんだギーが低い唸《うな》り声を漏らした。

籠は半分も埋まっていなかった。気温が下がってきたせいだろう、森はここ数日で目に見えるほど急速に枯れつつあった。僅《わず》かに残った木の実も他の動物に食い荒らされ手に入らない。気のせいか、皆、憂鬱《ゆううつ》そうで重苦しい雰囲気だ。

泉のほとりで焚き火を囲み、ミナトたちは黙々と早い夕食の準備をする。串に刺した肉からいい匂《にお》いが漂い始めた頃、ギーが不意に獲物を解体する手を止め、森の中を見つめた。張りつめた空気に釣られるように、ミナトも森を振り返る。

『誰……？』

木々の間から、二十歳くらいの青年が歩み寄ってくる。結界の中にはクロードたちしかいないのだと思っていたミナトは男の姿に緊張したが、シルヴィやクロードは暗かった顔に喜色を浮かべた。

「ジスランか！」

「久しぶりだな」

男は茶色い髪を短く整えた、いかにも王子様然とした美青年だった。一面に手のこんだ刺繍《ししゅう》が施されたフロックコートのようなものを着こみ、腰に剣を佩《は》いている。

だが上等な衣装はシルヴィたちと同様に、擦り切れていた。

「元気だったか、クロード。おや、君は？　初めて見る顔だな」

ミナトに気がついた男の目が鋭くなる。ミナトは持っていた串を慌てて置くと、会釈めいた仕草をした。

『ミナト、デス。コンニチハ』

男がにこりと硬質な笑みを浮かべる。

「俺はシュヴラン王国のジスランだ。君はどこから来たんだ？」

「ニホンという島国だそうだ」

ミナトの代わりにクロードが答えると、ジスランは眉《まゆ》を顰《ひそ》めた。

「聞いた事がないな。しかし黒髪黒眼とは——オランジュ様に遣わされた神子ではないのか？」

神子、という単語を耳にした途端、ミナトの内側でなにかがざわりと蠢《うごめ》いた。

『カミコ、ナニ？』

「知らないのか？　歴史書によれば、神子はこれまでに五人現れた事があるらしい。皆、黒髪黒目で、オランジュ神に分け与えられた特別な力を振るって人族の敵を打ち倒したという。魔王の侵攻が始まってからは、各国の神殿で毎日祈りが捧げられているはずだぞ。一刻も早く神子を遣わし、魔物どもを殲滅《せんめつ》して欲しいとな」

——また、マオウだ。

『セツメツ？　シンデン？　マオウ？　ナニ？』

深刻な様子から、とても大切な事が語られているのであろう事はわかったが、知らない単語が多すぎる。思わず尋ねたミナトにシルヴィが簡潔な答えを示した。

「つまり神子が現れれば困っていた事がすべて丸くおさまり、皆が幸せになるという事だ」

ミナトは息を呑んだ。

『それって、スゴイ……』

皆を幸せにできるなんて、素晴らしい。一体どんな人なんだろうとミナトは思う。

「なんだ、ミナトは言葉がわからないのか。手のかかる子供が増えて大変だな、クロード」

「ミナトはいい子だから大変だとは思わないよ。ところで今日はどうしたんだ、ジスラン」

「ああ。ようやく結界に沿って一周し終えたから、一応報告しておこうと思ってな」

クロードやギーの表情が引き締まった。

「どうだった」

「残念ながらなんの成果もない。言われた魔法も使って綿密に調べたが、内側から術を解除するのは不可能だ」

「やはり、そうか」

風向きが変わり、焚き火の煙がジスランに向かって流れる。焼ける肉の香ばしい匂いに、ジスランの腹が貴公子らしからぬ音を発した。整った顔立ちが少し赤くなる。

——この人も、食料を得られず空腹なのかな。

急に親近感を覚えたミナトの視線の先で、ジスランは毅然《きぜん》として踵《きびす》を返そうとした。

「それだけだ。悪かったな。食事中に邪魔をして」

『あ、あの……！』

思わず引き留めようとしたものの、ミナトは途中で口籠《くちご》もってしまう。

夕食を振る舞ってあげたいが、食料は乏しい。しかも今回の食事のほとんどはギーが狩ってきた肉だ。勝手に譲ったりしたら、ギーに対して失礼だ。

どうしようと迷っていると、クロードがジスランを引き留めた。

「待て、ジスラン。まだ時間はあるんだろう？　食料を用意する。土産に持ってゆくといい」

ジスランが恥ずかしそうに頭を下げる。

「すまない、クロード」

「気にするな。人数が減ったから、ずっとこの魔法は使わずにすんでいたんだ。魔力は充分溜まってる」

クロードが杖を持って立ちあがり、辺りを見回した。森の際、少しだけ傾いた陽が燦々《さんさん》と降り注ぐ場所を選んで杖を地面に突き、手を払う。

なにか、播《ま》いた……？

細かな砂のようなものが周囲に散ったように見え、ミナトは目を凝らした。

待つほどもなく、ローブの裾《すそ》でなにかが蠢き始める。

『あ……っ！』

クロードの周囲から小さな芽がみるみるうちに伸び、太さを増した。のたくるように蔦《つた》が地を這《は》い、ハート形の葉を広げる。葉の間から槍《やり》のように伸びてきた茎の先に開いたのは、無数の白い小さな花だ。

花弁がみるみるうちに萎《しお》れ、中央に紡錘形の果実が膨らむ。ぱちんと音を立てて弾《はじ》けると、種子がぱらぱらと葉の上で弾んだ。その頃には蔦は泉のほとりを埋め尽くす勢いで繁茂していたが、こちらもまたぱちぱちかさかさと奇妙な音を立て始める。

葉が小さく縮み、枯れてゆく。乾燥しきった茎が弾け、砕ける。どんなに生長の早い植物だって、こんな事はあり得ない。

——魔法って、こんな事までできるんだ。

植物の動きが止み静かになると、クロードは残っていた太い茎を掴み引き抜いた。乾ききった土の中からとんでもない大きさの芋が現れたのを見て、ミナトは思わず歓声をあげる。

だが、芋を持つクロードの顔は蒼褪《あおざ》めていた。

「そら、ジスラン、好きなだけ持ってゆけ」

『クロード？』

ようやくそれだけ言うと、力尽きたようにその場に崩れ落ちてしまう。

美しいプラチナブロンドは土や砕けた植物の欠片にまみれていた。額には大粒の汗が浮かんでいる。

『大丈夫!?　ねえ、クロード！　クロード!!』

慌てて取り縋《すが》るミナトの肩をシルヴィが抱いた。

「ミナト、そんなに心配せずとも大丈夫だ。クロードは魔力を使いすぎただけ、ちょっと寝ればすぐ回復する」

「申しわけない、クロード。大魔法級の魔力で芋なんか育てさせて。君の故国の者たちに知られたら、怒られるな」

皆が平然としているところを見ると、深刻な事態ではないらしい。だがミナトは不安でたまらなかった。

本当に、大丈夫なのだろうか？

いつもとても熱かった体温も普通の人程度にまで下がっている。

もしこのままクロードが回復しなかったら——そう考えるだけで心がぱちんと弾けてしまいそうだ。

魔物を前にして動けなくなってしまった時、抱きあげ助けてくれたのはクロードだった。見知らぬ世界に戸惑うミナトを、クロードは当たり前のように懐に入れ守ってくれた。

手取り足取り面倒を見て、言葉を教えて、家族のように慈しんで。

ミナトが今ここにこうしていられるのは、クロードのおかげだ。

「さて、どいてくれないか、ミナト。クロードを寝床まで運びたい」

ジスランがクロードを助け起こし、肩に縋らせた。洞窟《どうくつ》へと動き始めた二人に、ミナトも急いでついてゆく。

粗末な寝床にクロードを寝かせると、ジスランは本人以上に青い顔をしているミナトを、面白そうに眺めた。

「羨《うらや》ましいな、クロードは。取り乱して心配してくれる可愛い人がいて。ミナト、と言ったか。君は男とは思えぬほど愛らしいな。蜂蜜《はちみつ》色の膚も甘そうで、悪くない」

『カワイイ？　アマイ？　おやつの話？』

「ミナトを変な目で見るな、ジスラン。燃やすぞ」

意識を失っているのかと思っていたのだが、クロードが薄く瞼《まぶた》を開きミナトの腕を摑んだ。動いた事にほっとして、ミナトもクロードの手を握り返す。

はは、とジスランが笑った。

「ニヴェールでは色狂いで知られていたクロード殿下がよく言う」

腕を摑む手に力が籠もったのに驚きミナトが見ると、クロードはじっとジスランを見つめていた。きつい眼差しにジスランが慌てて軽薄な笑いを引っこめ、咳《せき》ばらいをする。

「冗談はさておき、もうすぐ時が至るが、大丈夫か？」

クロードが掠《かす》れた声で答える。

「備えはしている。あとはなるようにしかならない。──ジスラン、他の連中はどうしている？」

「女子供を粗略に扱った馬鹿どもの事か？　最近、やけに魔物が多く結界内を徘徊《はいかい》するようになったからな。警戒して身を隠してるようだ」

「……魔物に襲われた者は」

「いないようだが、気をつけるに越した事はないだろう？」

「そう、だな」

いきなり髪をくしゃりと掻き回され、ミナトはジスランを見あげた。

「君たちの無事を祈る。シルヴィを守ってやってくれ」

クロードが力なく微笑《ほほえ》む。

「ああ。ジスラン、君も無事で」

ジスランが出口の方へと歩いてゆく。泉へ戻って、芋をもらってから帰るのだろう。

『クロード、大丈夫？　なにか僕にできる事ない？　ボク、テツダウ。タスケル？』

服の裾でそっと額の汗を拭《ぬぐ》うと、クロードがうっすらと微笑んだ。

「ミナトが助けてくれるのか？　私を……」

『うん。僕にできる事ならなんでも言って！　冷たいお水持ってこようか？　それとも扇《あお》いであげる？』

水を飲んだり、扇いだりする手振りをすると、クロードは目を細めた。

「水も風もいらない。それより手を貸してくれないか？　私が眠るまでの間だけでいい」

『手を貸す……？』

何をすればいいんだろう。戸惑っているとクロードがミナトの手を取り、自分の額の上にあてさせた。別に高熱が出ているわけでもないのだしそう気持ちよくもないだろうに、満足げに微笑する。

「弟たちが魔力を使いすぎてしまった時によくこうしてあげたものだ。こうすると膚を通じてじんわりとミナトの魔力が伝わってくる。ミナトの魔力は繊細で——優しいな」

きゅうっと胸が苦しくなった。疲れ果てたように目を閉じたクロードがひどく可愛らしく目に映る。クロードは魔物をやすやすと退治できるすごい魔法使いなのに。

ずっとこうしていてあげたい。

床に座りこんだままミナトは寝床に頬杖を突き、シルヴィが様子を見にくるまでクロードの寝顔を眺めていた。

+　+　+

「ミナト、来い」

朝、いつものように採取に出かけるため洞窟から出てきたミナトは、ギーに手を差し出されてきょとんとした。

『え？　あれ……？』

「ミナト、今日はギーと行っておいで。籠も持たなくていい。まだ芋があるからな」

いつもはシルヴィやクロードと共に出かけるのだが、今日は違う行動を求められているらしい。抱えていた籠まで奪われてしまう。空っぽの両手を持て余していると、真剣な顔をしたシルヴィがやってきて、逃げる間もなくミナトを抱き締めた。

「気をつけるのだぞ、ミナト」

頬にキスまでされて、ミナトはひゃあと気の抜けた悲鳴をあげる。

——一体、なんなんだろう？

連れだって森の中を遠ざかってゆくクロードとシルヴィをミナトは初めて見送った。この二人も籠を持っていない。今日は本当にまったく採取をしないつもりらしい。

『にーに、今日、カリ？』

ではギーの日課である狩りはどうかと思って尋ねてみると、思った通り首を振られた。

「いや。今日は狩りはしない」

眉根を寄せて考えこんだミナトは、今日は、日曜日のようなものなのではないかと思いつく。

『じゃあ、のえるツレテク、イイ？　最近、あんまり脅えないし、もしかしたら、その——』

かねてからもう一度ノエルを外に誘ってみたいとミナトは思っていた。計画を実行するいい機会だと思いうきうきと話しだしたものの――。

「だめだ」

険しい声で遮られてしまう。

『はい……』

しょんぼりと肩を落としたミナトの手をギーが摑んだ。いつもはミナトに合わせてゆっくり歩いてくれるのに、大股に森の中へ踏みこんでゆく。転びそうになりつつも小走りにギーについてゆきながらミナトは遠くなりつつある洞窟を振り返った。

――また今度誘えばいいか。

目的地はそう遠くなかった。森で一番の巨木の根元で足を止めると、ギーは目の届かない場所には行くなとだけ言い置いて木に登っていった。

『何か特別な用事があるんじゃなかったのかな――』

する事がないミナトはぶらぶら周囲を歩き回っていたが、近くを流れる沢を見つけると顔を輝かせ岩場を下りた。水辺の岩はすべて緑の苔《こけ》で覆われている。滑りやすいが、神秘的な雰囲気で綺麗だ。

冷たい水に指先を浸していると、アイスブルーの狼《おおかみ》が姿を現した。

『あ、おまえ、久しぶりだね』

飛びついてきた狼を大喜びで撫《な》でてやっていると、頭上から苛立《いらだ》たしげな声が降ってくる。

「ミナト、大きな音を立てるな」

ギーが声を荒らげるなんて珍しい。ミナトは太い枝の間に見える姿に慌てて頷くと、しー、と狼に人差し指を立ててみせた。

本当に、一体なんだっていうんだろう。

足元にじゃれついてくる狼を従え、沢を少し下ってみる。大して歩かないうちに、沢は岩場に穿《うが》たれた小さな池に注ぎこみ消えてしまった。

岩を摑んで中を覗きこんでみると、青い光が揺れている。

『わ……』

小さな池の下には空洞が広がっていた。とてつもなく深い場所を、巨大なラベンダー色の精霊が淡い光を放ちつつゆったりと泳いでゆくのが見える。水底からぽこりぽこりとあがってくる泡にじゃれるように群れては散るストロベリー色の精霊たちは、魚とも鳥ともつかない形をしていた。

ミナトの世界にはなかった異景だ。

綺麗だな、と不思議な光景に見蕩《みと》れていると、ミナトと一緒に池の中を覗きこんでいた狼が、素早く頭をあげた。

『ん？』

鈍い轟音《ごうおん》が響きわたり、地面が揺れる。狼が走りだし、あっという間に森の中へと消えた。

わけがわからずきょろきょろと辺りを見回すミナトの瞳に、もうもうたる土埃《つちぼこり》が映る。

ねぐらにしている洞窟の方だ。なにかが起こっている。

ミナトははっとした。洞窟にはノエルが残っている。

「ミナト、そこを動くな！」

ギーの声が聞こえたが、ミナトはかまわず走り始めた。洞窟へと一直線に森の中を抜けてゆく。だが途中で後ろから腕を掴まれ、ミナトはつんのめった。

『な――なに――――？』

ギーだ。

『ん――――！』

大きな掌が口を塞ぐ。無理やり木陰に引きずりこまれ、ミナトはもがいた。

逞《たくま》しい軀の下にミナトを押さえつけ、ギーは油断なく洞窟の方を窺《うかが》う。

「死にたくなければ動くな」

過激な警告に、ミナトは瞠目《どうもく》した。

死にたくなければって――どういう事なんだろう。

また、ずしんと地面が揺れる。

まだ随分距離があったが、洞窟の前に不可解な黒い影がわだかまっているのが見えた。

影は大きかった。五メートルくらいの高さがある。二本の足で直立し、ヒトっぽい輪郭をしてはいたが、その太さや長さは刻々と変化し、安定しない。

ほとんどの部分は闇を固めたような黒だが、頭の後ろに突き出た鶏冠《とさか》部分や脇の下に広がる鰓《えら》っぽい部分は柔らかなペイルブルーに彩られていた。

なに――――あれ。

魔物に印象が似ているけれど、もっとずっと大きくて禍々《まがまが》しい。

どくんと心臓が跳ねる。名状しがたい恐怖がミナトを竦《すく》ませる。

影は強烈な熱を放射していた。そう近くにいるわけではないのに、軀の前面だけ灼《や》けるように熱くなる。

影はしばらく辺りを見回していたが、やがて洞窟の入り口へと身を屈《かが》めた。中を探り始める。

どきりとしたが、ノエルがいるのは洞窟の奥深くだ。あんな腕で届くわけがない。そう思ったのに――引き出された腕の先にはノエルが囚われていた。

――――どうして……！

助けなければとミナトは思った。

だがギーがミナトをしっかりと捕まえていて離さない。口を塞いだまま、さらに後方へとミナトを引きずってゆこうとする。死に物狂いで抵抗したが、ミナトの細腕では鍛え抜かれた肉体を持つギーに敵《かな》わなかった。

影に高々と掲げられたノエルは、出会った頃と同じ虚《うつ》ろな目をしていた。影の口にあたる部分が開口する。まるで魚の口のようにかぱりと大きく開いた空間に、ノエルが真珠色のドレスをはためかせ落ちてゆく。

まるで映画のワンシーンのようだった。

ミナトは瞬《まばた》きもせずその一部始終を見つめていた。自分の目でちゃんと見ていても、なにが起こったのか、理解できなかった。

食べたの？　ノエルを。あの変な影が。

花冠を戴《いただ》き、静かに寝床に座っていたノエルの姿が脳裏に蘇《よみがえ》る。

それから、ミナトの〝ありがとう《ダイスキ》〟に、頰を薔薇色に染めていた姿が。

――ようやく癒えてきたところだったのに！

ノエルを呑みこんだ影の輪郭が波打ち、一際大きく膨れあがった。発せられる熱量が増し、肩が燃えそうだ。

影が頭を巡らせたらしい、頭部らしき場所に裂け目が開き、赤い光が覗く。

あれは――影の、目だ。

影が、見ている。

――僕を。

次に食べられるのは僕なんだろうか？

ふっと現実感が薄らぎ、すべてが絵空事のように感じられた。

こんなの、嘘だ。全部、嘘。だってこんな酷い事が現実にあるわけない。

でも、背後のギーの荒い息遣いが、影の発する熱がミナトに教える。これは、現実なのだと。

森は静まりかえっている。空は素晴らしく青く、惨劇には似つかわしくない爽やかさだ。

——もういやだ。

おかしくなりそうだった。

どうして僕はこんなところにいるんだろう？　——僕がここにいる事に、一体なんの意味があるんだろう？

こんなろくでもない世界にいたくない。お母さんの元へ、穏やかでなんの危険もないあの日々へ戻りたい。

影がぶるりと身を震わせ、ぎこちない動きで背中を丸める。表皮を突き破るようにして二対の羽が広がり、打ち振るわれた。

強い風がミナトたちの髪を嬲《なぶ》る。影がふらつきながら空へと去ってゆく。

助かった——？

洞窟の前には赤い実のついた枝を丸めたリースのような冠だけが落ちていた。ミナトがノエルにあげたものだ。

ノエルの姿はどこにもない。

ギーの手を振り払い走り出したミナトは冠を拾いあげると、赤い実が落ちるのもかまわず力いっぱい抱き締めた。

一度くらい、ノエルの笑顔が見たかった。

だがもうその望みが叶《かな》う事はない。こみあげてくる涙に、なにもかもがぼんやりと霞《かす》んでゆく。哀しくて口惜しくて、なにもできなかった自分が呪《のろ》わしくて——心が壊れてしまいそうだ。

ギーは黙って傍に立っていたが、ミナトがこみあげてくる嗚咽《おえつ》を抑えられず喉《のど》を鳴らすと地面に膝を突いた。不器用にミナトを引き寄せ抱き締める。すまなかったと囁《ささや》かれ、ミナトはたまらなくなってしまった。

ギーが悪いわけじゃない。

しばらくするとクロードとシルヴィも戻ってきた。泣いているミナトに一瞬息を呑み——駆け寄ってくる。

「ミナト、無事だったか」

ミナトは無言でこくりと頷いた。

食べられてしまったのはノエル。僕は大丈夫だ。

ギーがさりげなくミナトから離れる。代わりにシルヴィがミナトの背を撫で、慰めた。頭の上でクロードと会話が交わされる。

「狭い洞窟を選んでも、魔王の侵入を妨げる役には立たなかったようだな」

「とりあえず今夜は星が見える場所で眠ろう。次の来襲まで三十日あるし、ゆっくりねぐらを探せばいい。ギー、君はどうする？　一緒に来るか？」

――――え？

ミナトは弾かれたように顔をあげ、ギーを見つめた。

『ナゼ、キク……？　にーに、コナイ……？』

「守らねばならなかったノエルは死んだ。ミナトもシルヴィも自分の面倒は自分で見られる。大変ではあるだろうが、もうギーに無理につき合ってもらわずとも私たちは生きてゆける。だからだ」

ミナトは狼狽《ろうばい》した。そういえば、食べる物が得られなかったからギーに助力を求めたのだとシルヴィは言っていた。

ノエルだけでなく、ギーもいなくなってしまう――――？

ざわりと全身の毛が逆立ったような気がした。

――やだ。ギーと離れたくない。

だが、ギーがいれば、どうしても頼ってしまうのは確かだった。今だってギーが一人で食料のほとんどを調達してくれている状況なのだ。これでいいわけがない。

でも。

これで、さよなら？

それで、いいの？

なぜだろう、ギーの野生の獣のように隙《すき》のない金色の瞳は瞬きもせず、ミナトだけを映している。

どうしてそんな目で見るんだろうと不思議に思いつつ、ミナトもまたギーから目を逸《そ》らせずにいた。

どうしよう、ものすごくギーを行かせたくない。ずっとギーと一緒にいたい。

――もう、大切な人と離れるのはいやだ。

突きあげてくる感情のまま、ミナトはギーに歩み寄り服の裾を握り締めた。

駄々をこねる気はない。いやがる素振りをみせられたらすぐに放すけれど、行って欲しくないと思っている事だけは知っておいて欲しい。

「こんな可愛らしい事をされては、とても去れるものではないな」

シルヴィが眉をあげる。

張りつめていたギーの眼差しがふっと緩んだ。仕方ないといわんばかりの顔でミナトの頭を掻き回す。

「毒茸《どくきのこ》を見分ける事もできないおまえたちが俺と別れて生きていけるとは思えない。それにこの顔ぶれではミナトの身の安全が危ういからな。――俺はこれからも共に行くぞ」

クロードは面白くなさそうだ。

「来てくれるのはありがたいが、正直、残念だ。君がいなければ、私は両手に花だったのに」

「ふざけるな」

シルヴィが二人の間に立ち塞がる。

「喧嘩《けんか》はやめよ。陽があるうちに今日の寝床をなんとかしたい。それともおぬしらはここで寝られるのか？」

二人の男は顔を見合わせた。

「――無理だな」

ミナトは首を傾げる。どうしてここでは寝られないんだろう。

ともあれ、今夜は寝床を移動するらしい。クロードとシルヴィに続きミナトも色々持ち出すために洞窟に入ろうとする。

だが、入口まで来るとミナトの足はぴたりと止まってしまった。

洞窟の暗がりがやけに濃く、おぞましく感じられる。どうしても前に進めない。

――ここでノエルはあの影のような怪物に捕らえられたんだ――。

毎日行き来してきた洞が冥府への入口のように見えた。呼吸が乱れ、冷たい汗が浮いてくる。

意識が遠のこうとした時、ギーがミナトの両肩に掌を置き、ひなたへと引き戻した。

「ここで待っていろ。ここにいるのがいやなら、泉に行っていてもいい。……大丈夫か？」

ミナトはこっくりと頷いた。

『ヘーキ。マッテル、ココデ』

「そうか」

　軽くミナトの肩を叩き、ギーが洞窟の中へと消えてゆく。

　シルヴィとクロードもいなくなると、ミナトはちょうど影がいた辺りへと向き直り、両手を合わせた。ごめんねと、心の中だけで唱える。

　なにもしてあげられなくて、本当にごめん。

　ノエルと一緒に、自分の一部まで死んでしまったような気分だ。

　ミナトは暗い目をしてへし折られた木々の間に立ち尽くす。影がいなくなり戻ってきたのだろう、コバルトブルーの蝶《ちょう》が何事もなかったかのようにミナトの周囲を舞い始めた。


　ひとまず最低限必要なものだけをまとめ、ミナトたちは泉のほとりへと移動した。ここならば生い茂る木々がないので、夜になれば星が見える。

　大きな岩の上に腰を下ろすと、ミナトは聞きたくてうずうずしていた事を質問した。

『オシエテ。アレ、ナニ。クロ。オオキイ』

　影のような巨大な怪物。

「あれは、魔王だ」

シルヴィが憎しみの籠もった声で吐き捨てる。

『マオウ、ナニ?』

ミナトの一言に、皆が様々な驚きの表情を見せた。まじまじと見つめられ、ミナトは居心地の悪い気分を味わう。

「魔王を知らぬのか? ここでは普通に知られているものなのかな? でも——ミナトの国に魔族が攻めてこなかったわけではあるまい?」

『ん? ミナトノイタトコ、マオウ、イナイ。マモノ、イナイ。セイレイ、イナイ』

「待て。魔物も精霊もいない? そんな国があるのか? それに魔族に連れてこられたのでなければ、なぜミナトはここにいる」

ミナトはきょとんとしてクロードを見あげた。

クロードたちは魔族とやらにここへ連れてこられたのだろうか。

『ワカラナイ。目が覚めたら——、ええと、オキタ。イタ』

ミナト以外の三人は顔を見合わせた。

「ではミナトは、なにも知らぬままここに置き去りにされたのか? 魔物との相克も、私たちが何者かも、知らない?」

ミナトは大きく頷いた。

「わけがわからないが、とりあえず——魔物は知っているな? 魔物は人よりずっと強い。だが仲間と力を合わせて戦うという事を知らないから、人数を集めて策を練れば狩る事ができる。人の姿をした魔物——魔族もそうだ。しかし稀《まれ》に魔王と呼ばれる魔物が出現すると状況は一変する。魔王は、他の魔物や魔族を操る事ができるからだ」

「あるいは、他の魔族が従うほどの人望——いや魔望か——を持つ」

ギーの注釈に、クロードは不快そうに手を振った。

「やめろ。魔物の事情などどうでもいい。とにかく、魔王が出現して魔物が徒党を組んで襲ってくるようになったせいで、人族は急速に数を減らしている。魔王を倒そうにも、私たちには根城の場所すらわからない。噂《うわさ》では大陸を縦に横切る山脈の向こう、魔物たちの領域に居城があるという話だが、真偽のほどは不明だ。このまま滅ぼされるしかないのかと思い始めた、その時に魔族がある要求をつきつけてきた」

シルヴィが遠くを見るような目で呟《つぶや》く。

「各国の王の第二子を差し出すべし」

『オウって、ナニ?』

うるさがられたくないと遠慮している場合ではない。わからない単語があるとミナトは一々言葉を挟み説明を求める。

「国を治める者だ。その国で一番偉い人」

『まさか王様? え、じゃあ、クロードは王子様……? シルヴィは本物のお姫様なの?』

「うん？　オウサマ？」

思わぬ身分の高さにミナトは愕然《がくぜん》とした。道理で仕草の一々に気品があるわけである。彼らは本当だったらミナトが親しく交わる事など許されない身分の人たちだったのだ。

きらきらと輝く水面を見下ろし、クロードが続ける。

「今思えば、利口なやり口だ。王自身や第一子なら応じられないが、第二子は王太子が死んだ時の予備にすぎない国が多い。私たちはあっさりと差し出された。第二子が王太子だった少数の国は抗おうとしたが、結局は周囲に説得された。魔族が人族になにかを要求してくるなどという事態は初めてだったから、皆、これが交渉の糸口となるかもしれないと期待していたのだ。だが、私たちは間違っていた」

一旦《いったん》言葉を切ると、クロードはミナトをまっすぐに見つめた。

「ここは生《い》け簀《す》だ。魔王が私たちを差し出させたのは、食べるためだった」

ミナトはふるりと軀を震わせた。

――ノエルのように？

「新しい魔力を馴染《なじ》ませるのに必要なのだろう、きっかり三十日の間をおいて、魔王はやってくる。最初三十一人いた王子王女は、もう十二人しか生き残っていない」

ここに来た当初、王女の一人が死んだとシルヴィは言っていた。あれはただ死んだのではなく、魔王に食べられたのだろうか？　目の前で人が食われるのを見れば――そして次は自分が食われるかもしれないと思えば——王子たちが自暴自棄に陥ったのも理解できる。

『マオウ、クル、シッテタ。ナゼ、ノエル、ヒトリニシタ？』

クロードの答えに迷いはなかった。

「危険を分散させるためだ。これまで二人同時に食われた事はないが、これからもそうとは限らない。洞窟の奥深くから出られないノエルが襲われる可能性は低いと私たちは思っていた。だから、シルヴィとミナトの護衛にそれぞれついたんだ」

確かにミナトも、影がノエルを掴み出したのを見た時には驚いた。

『でも——マオウ、ナゼ、ヒト、タベル？』

クロードの表情が、苦々しいものへと変わる。

「魔族は人族を殺すだけで肉を食らったりしないが、魔法使いは別だ。人族の魔力を取りこむと力が増大するらしい。そしてどの国でも王族にはそういう血が集約されている。権力を守る礎となるからな。私たちは強い魔法使いが出現したとなればたとえ平民でも爵位を与え、姫を娶《めと》らせて血を取りこむという事を何百年も——国によっては何千年も続けてきた。その結果、ほとんどの王族が異能を持っている。ニヴェールの王族はおしなべて規格外の魔法を用いる事で知られているし、カディオの王族は戦場では人とは思えないほどの力を発揮する。ノエルも癒しの力を持っていた。魔王は精錬された王族の力を食らう事で、さらに強大な力を得ようとしているのだ。すでに魔王の軀は私たちがここに来た時より倍以上も大きくなっている」

——そんな事のために、ノエルは。

かつてクロードは姫や子供たちを助けるためにギーの協力を仰いだのだとシルヴィは言った。それなのにシルヴィとノエルしかいないのは変だなとぼんやり思っていたのだが、もしかしたらもう皆、〝魔王〟に食べられてしまったのかもしれない。

ギーもクロードも強い。それでも〝魔王〟は止められなかったのだろうか。

『くろーど、マオウ、タオス、ドウヤル？』

——魔王はどうやったら倒せるの？

ミナトの問いに、即答できる者はいなかった。

「私たちもそれが知りたいんだよ。私は稀代の魔法使いと言われているが、それでも魔王を倒すどころか逃げるのが精一杯だった。ギーの剣も、魔王には歯が立たない」

『そうなんだ……』

ミナトは虚ろな目で皆を見渡す。

三十日経ったらまた誰かいなくなってしまうのだろうか。

クロードが思い出したように言う。

「神子がご降臨なされば倒せるのかもしれないぞ。もうあまり時間がないがな」

ジスランが来た時に聞いた話をミナトは思い出した。

——そっか。神子がいれば、ノエルはあんな目に遭わずにすんだんだ。

いまだ現れない神子にミナトはぼんやりとした怒りを覚える。一体どこでなにをしているんだろう。皆が現れるのを待っているのに。

すでに陽は傾き、空も暗くなってきていた。わからない言葉を一つ一つ確認しながら会話を進めたので、事情を知るだけで恐ろしく時間が過ぎている。

「もういいだろう。疲れた顔をしているぞ、ミナト。こっちに来て、休め」

手招きされ、ミナトはギーの元へと移動する。ギーがすでにミナトの分の毛皮を平らな地面を選び広げてくれていた。寝床に腰を下ろすと、背にコートがかけられる。

あたたかい。

気が緩んだ途端、また泣きそうになってしまい、ミナトは唇を噛んだ。

＋　＋　＋

木漏れ陽がちらちら揺れている。ミナトは足を止めると、太い木の根本に生えた茸をむしって、腰に下げた籠に入れた。

——三十日経てば、また魔王がやってくる。このままでは、また誰かが食べられてしまう。

惨劇を阻止する方法はないのだろうか。

ずっと考えているが、答えは見つからない。

『やっぱり神子って人がいなきゃだめなのかな……』

生えていた茸を根こそぎ採り終わると、ミナトはまた森の中を歩き出した。新たに見つけた茸を採ろうとして、ふと沢を見下ろす。

レモンイエローのものが動いている。自然界には不自然なほど鮮やかな色彩は、きっと精霊だ。

どんな精霊がいるのだろうと、木の幹を掴んで身を乗り出したミナトは瞠目した。

ヒトがいる。見知らぬ男だ。

ミナトは一人で森に入ってはいけないとクロードに堅く言い渡されていた。クロードたちと袂《たもと》を分かった王子たちがなにをしでかすかわからないからだという。シルヴィも一人では森に行かない。ミナトは女性ではないのだから大丈夫だと思うのだが、妙に怖い微笑みを浮かべたクロードに言う事を聞くと約束させられた。

声をかけてみたかったが仕方がない、帰ろうと思った時、そのヒトが動いた。一瞬で距離をつめ、レモンイエローの精霊を鷲摑《わしづか》みにする。

そうしていきなりネズミほどの大きさの精霊を食いちぎった。

——え？

精霊は食べられないと聞いていたのに、そのヒトは獣が小鳥を毟《むし》るように、小さな精霊を食い尽くした。

それから蜥蜴《とかげ》を思わせる素早い動きでいきなりミナトの方を見た。

ミナトは息をつめた。目が合ってしまった。だがそれだけじゃない。

ひどい違和感があった。男の顔は真っ白だった。少し猫背で、両手をだらりと伸ばしている。

だがその腕は指先まで黒い。まるで闇を固めたように。

男の軀が沈む。膝を曲げて力を溜め——弓から放たれた矢のように、跳ぶ。

低い沢から、ミナトの目前へと。

王族は異能を持つ者が多いと言っていたけれど——こんな距離を助走もなしに跳ぶなんて、普通じゃない。

ミナトは反射的に右手を突きだした。あたっても大したダメージはなかっただろうが、それは驚くべき敏捷《びんしょう》さで仰け反り、かわした。その間にミナトはくるりと男に背を向け走り出した。

一人で森に行く事を禁止されているミナトは、新しいねぐらである洞窟のまわりをぐるぐる回っているだけだった。声を出せば届く場所にクロードとシルヴィが、狩りから戻っていればギーもいるはずだ。

助けを呼ぼうと深く息を吸いこむ。だが声を発するより早く、背中になにかがぶつかった。つんのめった軀が泳ぎ、ミナトはたまらず落ち葉が降り積もった地面へと倒れてしまう。

起きあがろうと手を突っ張ったが、上半身が持ちあがるより早く痛みが肩で炸裂《さくれつ》した。

『————！』

獣のようにミナトは叫んだ。皮膚が裂け、肉が食いちぎられる。

——熱い。

あの変な人が背中に乗っている。しっかりとミナトの軀に鉤爪《かぎづめ》を突き立て、ミナトを食らおうとしている。

——嘘——。

大量の血が溢《あふ》れ出し、土に染みていった。どんどん視界が暗くなる。

——にーに。……クロード。僕、死んでしまうのかな……？

意識を失う寸前、光が炸裂した。

＋　＋　＋

クロードとギーが悲鳴を聞き駆けつけた時、ミナトは膝を折り、うずくまるようにして地面に突っ伏していた。片腕がだらんと投げ出され血に染まっている。

クロードたちとは比べものにならないほど華奢な背中の上には、魔族が齧《かじ》りついていた。

「ミナト！　――くそっ、貴様――！」

ギーが、吠《ほ》えた。凄《すさ》まじい速さで距離をつめ、激情のままに斬りつける。

一瞬早く、魔族がミナトを摑み後方へと飛んだ。そのままミナトを引きずって森に消えようとする。だがそれより早く、クロードが光の球を放った。魔族が吹っ飛び、ミナトの軀が壊れた人形のように地面の上を転がる。

跳ね起きミナトを取り戻そうとする魔族の前に、剣をかまえたギーが立ちはだかった。

「早くミナトを」

「わかっている！」

いつもの優雅さはどこへやら、余裕なく怒鳴り返したクロードが、ミナトの治療を始める。そそぎこまれる膨大な魔力が流れ出す血を止め、失われた肉を修復し始めた。

一方で魔族も、ギーの目の前で不可解な変貌を始めていた。人族に酷似していた肉体がめきめきと音を立て膨れあがってゆく。

「なんだ、これは――」

まるで、王族を食らったあとの魔王のよう――いや、こっちの変化の方が激烈だ。

魔法には不案内なギーにすら、倍増した魔力が煮え滾《たぎ》っているのが膚で感じられた。身長はすでに元の倍近くにまで膨れあがっており、その四肢には長い鉤爪が伸びている。

魔法使いを食らった魔物は強くなる、とは広く知られている事だ。ギーはその場面を見た事もある。だが普通、ここまでの変化はない。こんなのは——おかしい。

おまけにダガーや魔法で与えられた傷に見る間に肉が盛りあがりつつあった。この魔族は回復しつつあるのだ。

「なにをしている。早く狩れ」

急《せ》かされて、ギーは一瞬苛立たしげにクロードを睨《にら》みつけたものの、剣をかまえ直した。

呼吸を整え、感覚を研ぎ澄ます。

魔族が大きく爪を振りかぶったのと同時にギーは地を蹴《け》った。

ぎいんという音が響きわたり、黒い刃が震える。魔族の一撃は重かったが、ギーは綺麗に受け流してのけた。まさに変化しつつある最中のせいだろうか、魔族の動きは鈍い。

再び素早く跳躍し、身長の三倍近いところ——なおも膨れあがりつつある魔族の目の前まで達すると、長身を鞭《むち》のようにしならせ剣を振りかぶる。

光のような一閃《いっせん》が、刃など弾き返すはずの魔族の肩から腹までを切り裂いた。

「ちっ」

浅い。

本来なら致命傷となるはずだった一撃を避けられ、ギーは忌々《いまいま》しげに顔を顰《しか》めた。魔族の目がギーを追い、鉤爪が不吉な光を帯び始める。

　だが、溜められた魔力が放たれようとした瞬間、クロードが再び光の球で魔族を吹き飛ばした。巨木に背中から叩きつけられた魔族に向かって、ギーが跳ぶ。体格には似合わぬ異常な腕力にものを言わせ、剣を叩きつける。

　再び大きな傷が生まれ、巨躯《きょく》が膝を突いた。ギーに斬られた上、クロードの魔法を浴びた場所が焼け爛《ただ》れている。その傷も修復しつつあるのが見て取れたが、それより早く着地したギーが、手の届く高さにまで下りてきた魔族の首を力一杯横に薙《な》いだ。

　たとえ魔族といえど、首を刎《は》ねられれば生きてはいられない。

　巨大な首が穢《けが》れた魔力の残滓《ざんし》をまき散らしながら飛んでゆく。さらに膨れあがろうとしていた巨体も、端から散りつつあった。魔族や魔物は精霊と同じく、死ねば散ってしまうのだ。

　ギーは倒した魔族にはもう目もくれず、ミナトへと駆け寄った。

「ミナト、しっかりしろ！　おいクロード、ちゃんと治療を施したのか？　ミナトは大丈夫なのか!?」

　力なく投げ出されていた手を握り、蒼褪めた顔を覗きこむ。

「やれることはやった。それよりギー、今の魔族、傷が回復していたな。それに力が急速に増していた」

「ああ」

　ギーの返事は上の空だった。その目にはミナトの姿しか映っていない。

「ミナトの魔力を食べたから、か……?」

クロードがつと顔を伏せる。肉色の舌を伸ばし、ミナトの頬に飛んでいた血を舐《な》め取る。

「なにをする!」

それを見たギーは激昂《げっこう》した。クロードを殴りつけ、その腕の中からミナトを奪い取る。手負いの獣のように余裕のない殺気を放ちつつ、ギーは大事なもののようにミナトを抱き締めた。

切れた口元を拳で拭ったクロードも怒りに燃え、杖を握り直す。

「それはこっちの台詞《せりふ》だ。その子を返せ、ギー」

菫《すみれ》色の瞳が冷酷な光を放ち、全身に魔力が漲《みなぎ》った。

だが二人が取り返しのつかない一線を越えるより早く、シルヴィが駆けつけてきた。

「ミナト! なんて事だ、血がこんなに……! クロード、治癒はしたのか? なぜミナトは目を開けぬのだ?」

血に染まったミナトを見たシルヴィが取り乱す。まだ気が立っているクロードが、シルヴィと一緒に現れた人物を威圧した。

「ジスラン、なぜここにいる」

ジスランは比較的マシな王子たちと行動を共にし、かつてと同じ過ちを犯さないよう目を光らせているはずだった。

「魔族を見かけた。こっちに向かっていたから、警告するつもりで来たんだが……あれは一体なんだったんだ？　魔王のように膨らんでいたな」

クロードは杖を下ろすと、ミナトを運ぶギーのあとを追い、歩きだした。

緩い斜面の上には小さな洞窟が口を開けている。クロードたちが仮のねぐらとして選んだ場所だ。ギーがミナトを寝床に寝かせると、シルヴィが介抱をし始める。

クロードはしばらく力なく横たわるミナトを見下ろしていたが、やがて決然と顔をあげた。

「皆、聞いてくれ」

皆が手を止め、クロードを見つめる。クロードは一同を見渡すと、唐突に宣言した。

「これから結界を破壊し、ここから脱出する」

ジスランが眉を顰めた。

「破壊？　そんな事ができるのか？」

「ミナトの血肉を食った魔族が膨れあがったのを見ただろう？　王族を食らった魔王のように。ミナトは我らの誰より大きな魔力を持っているようだ。それを少しわけてもらう」

「どうやって」

クロードは人に非《あら》ざる者のように微笑んだ。

「奴らのようにだ。血を啜《すす》る。先刻血を舐めてみてわかった。ミナトの血なら、それができる」

誰かが息を呑む音が聞こえた。皆が青褪めた顔でクロードを凝視する。

「忌まわしい事を言うでない。我らは人だ。魔物ではないのだぞ！」

「ではどうすればいいのかな？　ただの魔族が一口ミナトを囓っただけで、ああなったんだぞ？　もし魔王がミナトを食らったら一体どれだけの力を得るかわからない。一刻も早くミナトを魔王から遠ざけるべきだ。そのためならいささか忌まわしいやり方でも試みねばならないと私は思う」

シルヴィがこくりと唾《つば》を呑みこんだ。

「ミナトには、一体どれだけの魔力があるのだ？」

「私の百倍か千倍か。もっと多いかもしれないな」

クロードが稀代の魔法使いと言われるのは、魔法の扱いに長《た》けているだけでなく、魔力がずば抜けて多いからだった。人族すべてを見渡しても、クロードに匹敵する者はいない。その百倍や千倍といったら、それこそ人族の器に収まるものではない。

空気が張りつめ、ぴりぴりと膚をそそけ立たせる。

「わかったか？　絶対にミナトを魔王に渡してはいけないんだ。急いで仲間を走らせ、全員に伝えてくれ。これから結界を壊す、うまくいったら故国に帰り、魔王の居城を探して欲しい、と。判明したらジスラン、君が伝えに来てくれ。私はミナトを連れて古《いにしえ》の遺跡に身を潜める。ミナトの居場所が魔族に知れるといけないから、この事は誰にも言うな」

「……え……っ？」

ジスランの表情が変わった。低い声で確認する。

「君は魔王を倒す気か？」

クロードの笑みはぞっとするほど美しかった。

「当然だろう。私を餌扱《えさあつか》いした報いを受けさせてやらねばな。それにミナトも魔王を倒したいと言っていただろう？」

一気に空気が高揚する。身震いしたジスランが、剣を手に立ちあがった。

「二時間、くれ」

「では、二時間後に。――ああ、シルヴィの事も頼む、ジスラン。エライユまで送ってやってくれ」

小さく頷くと、ジスランはきびきびと出ていった。

ギーもうっそりと立ちあがる。

「俺も共に行くぞ。おまえのような男にミナトを任せてはおけないからな」

「結構だ……と言いたいが、断ってもどうせついてくるんだろう？」

大してない荷物を手早くまとめ背に負うと、ギーはミナトをコートにくるんで抱きあげた。

クロードも杖を手に取り、立ちあがる。

それからは早かった。四人は結界の縁に移動し、魔物を警戒しながら時が経つのを待った。

ミナトは目を覚まさない。大きな木の根元に座るギーに抱かれたまま、昏々と眠っている。

陽が徐々に傾いてゆく。

やがてきっかり二時間が経過したと感じると、クロードは杖を手に立ちあがった。

「ギー」

ミナトに近づくと金色の瞳がクロードを射抜き、頼りない軀をさらに強く胸に抱き寄せた。

「そう睨むな。少し血を貰《もら》うだけだ。これはミナトのためでもある。ここにいれば、ミナトはまた必ず襲われる。今思えば、魔物たちは最初からミナトだけを狙《ねら》っていた」

「――どうしてわかる」

「ジスランに聞いた。ミナト以外に魔物に襲われた者はいないとな。ギー、ミナトの手をこちらへ」

躊躇《ためら》ったものの、ギーはコートの中からミナトの手を取り出した。

小さな手を恭しく受け取ったクロードが、そっと唇を押しあてる。

「クロード……！」

「魔法をかけているんだ。万が一にもミナトに痛い思いをして欲しくないからな」

血管が薄く透けている膚を肉色の舌がちろりと舐める。やけに淫靡《いんび》な仕草にギーがまた声をあげようとしたが、それより早く、クロードの犬歯がミナトの膚に食いこんだ。

「…………！」

ミナトは眠っている。目を覚ます様子はない。

溢れ出る血を一滴も零《こぼ》すまいと、色の薄い唇が蜂蜜色の膚に吸いつく。

「ん……っ」

くぐもった声がクロードの喉から漏れ、眉間に苦しげな皺が寄った。白い頬が火照《ほて》ってゆく。

ただ血を吸っているだけのはずなのに妙に刺激的な光景に、ギーは眉を顰めた。

最後にちゅく、と小さな音を立てて顔をあげると、クロードは熱い溜息をつく。惜しむように傷口を舐めた舌は血で真っ赤に染まり、なぜかひどく淫蕩《いんとう》な印象を見る人に与えた。

だらりとミナトの手が垂れる。血で汚れてはいるが、その手首にもう疵痕《きずあと》はない。

クロードが地面に両手をつき、喘《あえ》ぐ。

「大丈夫か？　クロード」

シルヴィは少し離れたところで事が終わるのを待っていたが、我慢できなくなったらしい。

地面に膝をつき、助け起こそうとした。

だが肩に添えられた繊手を、クロードは震える手で押しのけた。

「ああ、大丈夫だ」

ぽたりと落ちた汗が、地面に黒い円を描く。

ようやく顔をあげたクロードは、眠り続けるミナトにひどく艶《つや》めいた眼差しを向けた。

「すごいな。無限に力が湧きあがってくるようだ……！」

クロードが杖に縋って立ちあがろうとすると、シルヴィが心配そうな声をあげた。

「クロード、少し休んだ方がよいのではないか？」

「必要ない。——見ていろ」

ふらつきながらも結界に近づいたクロードが、おもむろに杖を振りあげた。うっとりと目を細めて杖の先端に魔力を集中し——叩きつける。

「——あ！」

光が生まれた。

いつもならすぐ消えてしまうのに、逆に光量を増しながら空を覆い尽くしてゆく。

すべてが青く染まった頭上を、皆、息をつめ見つめた。

消えろ、と祈る。自由になりたいと、希《こいねが》う。

少しの間のあと、ずっと皆を閉じこめていた結界が泡のように弾け飛んだ。たとえようもなく美しい光景に皆、これまでの鬱積を忘れ、見蕩れる。

やがてシルヴィが壁があった場所へと手を伸ばしてみて、なにもない事を確認した。

「……すごい……。やったぞ、クロード……。これで帰れる……！」

どこか気が抜けていたシルヴィの声が力を増す。狂喜し抱きついてきたシルヴィを抱き返すと、クロードはミナトたちを振り返った。

そう。これで、終わりだ。

もう寒さに震えたり、耐え難い空腹に苛《さいな》まれたりしなくていい。いつ食らわれるかわからない恐怖に脅える必要もない。

「クロード！」

唐突に現れたジスランが、興奮も露《あら》わにクロードの背中を叩いた。

「君はやってくれると思っていたよ！　ありがとう、これで奴らの餌にならずにすむ！」

少しよろめいたクロードがくたびれた笑みを浮かべる。

「転移魔法は使えるようになったな？」

「ああ。今、一人送ってきた」

「では、シルヴィを」

「すぐエライユの王宮に送り届ける。その次は君たちを古の遺跡まで連れていく」

「頼む、ジスラン」

「まかせてくれ。では、シルヴィ？」

恭しく差し出された手にシルヴィが繊手を載せると、風が湧き起こった。

ジスランが魔力を練っている間に、シルヴィが早口に謝意を述べる。

「まさか生きてここから出られる日がくるとはな。今まで世話になった。エライユでおぬしたちの勝利を祈っている。ミナトにもよろしく伝えて——」

途中でシルヴィの姿が掻き消えた。森が急に静かになる。クロードはゆっくりとギーの寄りかかっている大木の傍に歩み寄ると、崩れるように腰を下ろした。

ギーがぼそりと呟く。

「まさか、本当に結界を壊すとはな」

「少しは見直したか？」

居心地悪そうに身じろぎしたギーの眉間に縦皺が生まれた。

「くだらない事を聞くな。おまえと馴れあう気はない」

一旦言葉を切ったものの、しばらく経ってからギーはいやいやつけ加える。

「だが、やるべき事をやれる男だとは思っている」

「ふふ」

クロードがこらえきれぬ笑みを漏らした。

「私も正直君の事は好きとは言えないが、頼りになる男だとは思っているよ」

華やかな笑みを向けられ、ギーはまずいものでも食べたような顔をする。

なにかに気づいたようにクロードが目を細めた。

「ああ、ジスランが戻ってくる」

ギーがミナトを大事に抱え立ちあがる。目を覚まさないミナトを見下ろす眼差しはどこか甘い。

一陣の風が吹き、クロードの言葉通り、ジスランが姿を現す。

すでに森に人の気配はない。

二、

いつからそこで、そうやっていたのかわからない。

誰もいない、なにもない場所にミナトはいた。目の前には重厚な彫刻が施されたオーク材の扉が一つだけそびえ立っている。

ここにはミナトが必要としているものがある。

わかってはいたが気が進まず立ち尽くしていると、扉がひとりでに開き始めた。視界が勝手に前方へと動いてゆき、背後で扉が閉まる音が響く。

目の前には贅《ぜい》を凝らしたテーブルや瀟洒《しょうしゃ》なソファが点在する広い図書室があった。ステンドグラスで飾られた窓以外の壁は書架となっており、大量の本が滅茶苦茶につめこまれている。轟々《ごうごう》と水が流れる音がかすかに聞こえた。図書室の外は嵐のようだった。すべてのものが崩壊する端から再構築されつつあるのだ。その煽《あお》りで図書室も安定しない。

見ている間に本が勝手に書架から滑り出し床に落ちる。弾みでページが開いた刹那《せつな》、図書室が消え――ミナトは清潔ではあるが、古び、妙に荒廃した雰囲気の漂う部屋に立っていた。中央に据えられたパイプベッドにはミナト自身が横たわっている。

寝ているミナトの顔色は悪く、血管には点滴の針が刺されていた。目は閉じられたまま、ぴくりとも動かない。

ベッドの傍で、お父さんとお母さんが声を潜めて言い争っている。

引き戸の隙間から、廊下に据えられた長椅子に幼い妹がぽつんと座っているのが見えた。

ミナトは静かに病室から出て、妹の前に立つ。

妹はミナトの存在に気づかないようだった。ただ暗い表情でぼんやりと宙を見つめている。

膝《ひざ》の上に置いてある手提げ鞄《かばん》には、ゲーム機も本も入っているのになんの興味も示さない。

「ごめんね」

ミナトは床に膝を突くと、妹を抱き締めた。

「ごめんね、芽依《めい》」

思い出した。

お父さんもお母さんも妹も大好きだった。皆に幸せでいて欲しかったのに、ミナトがなにもかもをぶちこわした。

無表情に座っているだけの妹から離れ、ミナトは病室に戻る。

「お父さん、お母さん、喧嘩《けんか》しないで」

お母さんは泣きながらお父さんになにかを訴えていた。

「お願い。もうやめて。お願い……」

お父さんはじっと白いシーツを睨《にら》みつけている。お父さんはミナトの記憶より大分白髪が増え、やつれていた。

＋　＋　＋

遠くで、鳥が鳴いている。

気がつけばミナトは、薄く涙の膜が張った闇色の瞳を見開き、高い天井を見つめていた。

――ようやく思い出した。

自分は何者か。どうしてここにいるのか。

帰りたいとずっと思っていたけれど、本当の自分はもう、壊れてしまっていたのだった。

向こうの世界のミナトは、四年もベッドから起きあがるどころか、指一本動かす事すらできずにいた。目も開けられず、ただ周囲を流れてゆく声を聞いているだけ。

この躯《からだ》は、偽物だ。

ミナトは、人族を救うという使命を果たすために改めて作られた。神様によって。

——ミナトが神子だった。

目尻からほろほろと涙が零《こぼ》れ落ちる。

どうして神子は降臨してくれないんだろうなんて恨みに思っていた自分が馬鹿みたいだった。

悪いのは全部ミナトだった。ミナトが使命をすっかり忘れ去ってしまったせいで、クロードもギーもシルヴィもつらい思いをし続け、ノエルは死んだ。

——でも、ミナトは、神子になどなりたくなかったのだ。

「こんなの、酷《ひど》い……」

ミナトは望んでここへ来たわけではなかった。

突然頭の中に情報が押し寄せてきた事を、ぼんやりと覚えている。了承を得るどころか、なんの前置きもなかった。ミナトは流しこまれた情報から自力でなにが起ころうとしているのか読み取り、死に物狂いで抗《あらが》った。

見知らぬ世界のために奉仕しろと突然言われて、はいわかりましたなんて言えるわけがない。

それにそういうのはもっと強くて逞《たくま》しい人がするべきだ。事故に遭った十四歳の時から、ミナトの時は止まっている。精神《こころ》も肉体《からだ》も未熟なままの自分に、そんな大変な役目を果たせるとは思えない。

——だからいやだって言ったのに。

事は成され、ミナトは人族の命運を背負わされた。すべてはミナトの責任となってしまった。

「ミナト?」

柔らかな声と共に寝台が小さく揺れた。目も眩《くら》みそうな美貌《びぼう》がミナトの顔を覗《のぞ》きこんでくる。

「ク、ロード?」

長いプラチナブロンドに頬《ほお》をくすぐられ、ミナトは身じろいだ。

「おはよう。どうした、悪い夢でも見たのか?」

ずっと言葉が通じなくて苦労していたのが嘘《うそ》のように、クロードの言葉はすっとミナトの頭の中に入ってくる。

「どうしてクロードが一緒に寝ているんですか……?」

罪悪感がちくちくと胸を刺した。

──僕がもっと早く思い出していれば、この綺麗な人はすぐに森から抜け出せた。身分にふさわしい場所に帰れたのに。

「ミナトが目覚めたら一番におはようの挨拶《あいさつ》をしたかったからかな。それから、ここにはベッドがこれしかないから」

それなのに、どうしてこの人はこんなにも優しい声でミナトを甘やかすのだろう。

「ここは──どこ?」

濡《ぬ》れた目元を拳で拭《ぬぐ》いながらミナトは起きあがった。

ミナトは洞窟《どうくつ》の中ではなく、石造りの広い部屋の中にいた。四人でもゆったり寝られそうなくらい大きな寝台が据えてあるが、寝室として作られた部屋ではないらしい。ホールのように天井が高く、どこか武骨な雰囲気がある。

部屋に一つだけある扉の横には、両腕を胸の前で組んだギーが寄りかかっていた。黙ってミナトを見つめている。

「古《いにしえ》の遺跡、と呼ばれているところだよ。ここは結界の外なんだ」

「結界の外……？　え？　結界を壊せたんですか!?　一体どうやって」

神様の計画では、ミナトは結界を出る前に死ぬはずだった。

「すまない、ミナト。実は結界を破るにあたって、君の血を少し貰《もら》った。君の血にはとても強い魔力が宿っているから」

「血……」

クロードは申しわけなさそうに眉尻《まゆじり》を下げたが、ミナトはまったく気にしていなかった。

――血。そうか、結界を壊すには、魔王と戦う力の百分の一もあれば事足りる。

「ところでミナト、気づいているか？　さっきから私と普通に話せている」

ミナトはおどおどと俯《うつむ》いた。

「……神様がくれた知識が解放されて、いろんな事を思い出したからです、きっと」

「――――神様？」

華奢《きゃしゃ》な手がそわそわと上がけを握り締める。本当の事を知ったら、クロードとギーはミナトをどう思うだろう。今まで何をしていたんだと怒るだろうか？

怖かったが、この二人に嘘はつけなかった。

「ずっと忘れていてごめんなさい。僕、神子でした」

「神子……？」

ギーが寄りかかっていた壁から離れ、ミナトの方へと近づいてくる。

「本当にごめんなさい。僕が全部忘れていなければ、いつでも結界の外に出られたんです。とっくに魔王の事だって倒せていたかもしれない」

「どうやってだ？」

抑揚のない声に、ミナトはひくりと肩を揺らした。

「魔王がしたように、ぼ、僕を食べればいいんです。少しずつでもいいからそうすれば、僕が持っている膨大な魔力が手に入る……」

ギーの眉間《みけん》に深い皺《しわ》が刻まれる。クロードもまじまじとミナトを見つめた。

信じられないのだろう。ミナトだってこんな話、信じられなかった。

だが本当に、これが神様の計画だった。

「ごめんなさい。僕、食べられたくなかったから、いやだって言って、うんと抵抗したんです。そのせいで神様はこの軀の生成に失敗したみたい。今まで、与えられた知識も記憶も取り出せなくて……」

消え入りたいという気持ちのままに小さく縮こまってしまったミナトを挟み、クロードとギーは顔を見合わせる。

「ミナト？　だが人族が人族を食べるのは禁忌とされている。私たちは魔物ではないからね」

違う。

ミナトは奥歯を強く噛《か》み締め、首を振った。

「それは人族が作った理《ことわり》だから、神様には関係ありません。神様は全然皆が思っているような善き存在じゃないんです。神様にとっては、僕たちなんかどうだっていい。人族なんて——ゲームの駒にすぎないんだから」

クロードが元気づけるように背中を擦《さす》ってくれる。

「ゲーム、とはなんの事だ？」

目を閉じると、頭の中にお城の中にある図書室のような空間が浮かびあがった。なにか知りたいと思えばその内容に応じた本が勝手にミナトの目の前に飛んできてページを開く。字を読む必要はない。勝手に頭の中に知識が流れこんでくるからだ。

この世界ではオランジュという神が人間や普通の生物を、ソランという神が精霊や魔物、魔王といった魔力から成る存在を作った。つまり、この世界には二系統の生態系が並存している。

ソランとオランジュはこの世界を舞台に、それぞれが創造した生き物を駒に覇を争っている。だから魔族と人族は互いに理解できないし、和解する可能性もない。

「人族には勝つために必要だから力を与えているだけなんです。それも厳密なルールが決められていて、ええと、そうだ、ポイントみたいのが溜まらないと、一方的に強い兵器を投入したりできない。だから魔王は滅多に現れないし、オランジュ神も長い年月やりくりをした末、ようやく僕をこの世界に生み出せたんです」

それでも神子の存在は反則なのだ。異世界から連れてくる事によって、一からこの世界で作りあげるよりずっと消費ポイントが少なくてすむのだから。

「俺たちは、駒か」

ギーがぼそりと呟《つぶや》く。その声にはなんの感情も読み取れなかったが、金色の瞳は燃えているようだった。

「そう。王族もオランジュ神が少しずつポイントを投入して育成した強い駒です。ソラン神はそれを横取りする事を思いつき、魔王に実行させていた。それがあの生《い》け贄《にえ》です」

「俺たちは、ゲームに勝つためだけにこんな目に遭わされたのか」

申しわけなくてミナトは目を伏せた。無理やり連れてこられたんだから、自分にはなんの責任もない。そう思いたかったが、ミナトは最強の力と知識を持っている。本当はなんだってできたのだ。それなのに無力な被害者ぶる事などできない。

クロードだけが冷静だった。

「落ち着け、ギー。どんな事情があろうと、私たちがする事は変わらない。魔王を倒すんだ。

そうしなければ我々は滅んでしまうのだからな」

「まさかそのためにミナトを食べると言わないだろうな？」

ミナトが大きな黒い瞳でじいっと見つめると、クロードは目を逸《そ》らした。

「――急ぐ必要はない。魔王の所在が判明しなければ、私たちにはなにもできないんだからね。どうするべきかは、それまでゆっくり考えればいい」

ぎしりと寝台が軋《きし》む。クロードはミナトを抱き締め、そっと頭のてっぺんに接吻《せっぷん》した。

「とにかく、目覚めてくれてよかった」

ミナトはクロードの胸に寄りかかる。

「僕、どれくらい眠っていたんですか？」

「十日だ」

「そんなに……」

「噛みつかれた時に魔族の唾液《だえき》――魔力が軀の中に入ってしまったんだろう。奴らの魔力は私たちには毒だから、普通なら死んでしまう。だが、ミナトは逆に魔族の魔力を体内から駆逐した。乱れていた魔力の流れが一度破壊されたおかげで、〝あるべき〟姿に再構築できたんだろうと思うよ」

ミナトは襟刳《えりぐ》りを引っ張って寝間着の下を覗いてみる。肩には古傷のように少し色が濃くなってしまっているところがあるが、それだけだ。

一緒に寝間着の中を見てしまったクロードがさりげなく天井を見あげる。

「そうだ、ミナト。ずっと気になっていたんだが、君は本当はいくつなんだ?」

「あ、十八歳だと思いま、す……?」

ミナトは思わず背筋を伸ばした。室内の空気があからさまに変わったからだ。

「あ、あれ……? なんですか……?」

「いや。見た目通りの年齢ではないと思っていたが……十八歳か。立派なおとなだな」

意味ありげにクロードに微笑《ほほえ》まれ、ミナトは戸惑う。どうしてだろう、頬が熱くなってきた。

本当に熱いのかどうか確かめようと両手で頬を押さえると、淡い笑みを浮かべたクロードが顔を覗きこんでくる。

「どうしたんだい、ミナト」

「う……」

クロードがいつも以上にきらきらしている気がした。おまけにものすごく顔が近い。その上、さらに近づいてきつつある。

ぼーっとクロードの美貌を眺めていたミナトは、いきなり後ろへと引っ張られて我に返った。

「目覚めたばかりのミナトを誑《たぶら》かそうとするな」

ギーだ。ミナトを抱きこみ、クロードを威嚇している。

「……無粋な男だ」

乱れたプラチナブロンドの下で菫色《すみれ》の瞳が剣呑《けんのん》な光を放ったが、ギーはクロードを無視した。

「スープが用意してある。食べにいこう」

ミナトを抱きあげ部屋を出る。扉の外に出た途端に目に飛びこんできた異景に、ミナトは感嘆の溜息《ためいき》をついた。前方には、巨人のために作られたような大空間が広がっていた。一抱えもある円柱が立ち並び、様々な彫刻で飾られた天井を支えている。

よく見ると、ギーは見覚えのあるコートを着ていた。ミナトがかけ布団にしていたコートだ。

――この人は、最初の夜からお荷物だったミナトを気にかけてくれていた。

ギーはすたすたと壁に沿って歩き、屋外に出た。緑の生い茂る小さな庭には小さな竈《かまど》が作られており、鍋の中でスープが煮立っている。

ミナトたちのいる遺跡は深い谷の中にあるようだ。空は狭く、切り立った崖《がけ》に囲まれている。

ミナトを広間から庭に下りる短い石段に座らせると、ギーは地面に膝を突いた。明るい陽射しの下で改めてまじまじと見つめられ、ミナトは気恥ずかしい気分になる。

「あの、にー……うう……っ」

〝にーに〟と言いかけて、ミナトは顔から火を噴きそうになった。

魔力が再構成されて、ミナトは言葉がすべてわかるようになっていた。記憶の中の会話もすべて翻訳されて再生される。

――ずっと僕、小さな子供みたいに、〝にーに〟ってギーの事呼んでいた……。

なにも知らなかったとは言え恥ずかしくて、ミナトは項垂《うなだ》れてしまう。

「どうした？　顔が赤いぞ。熱でもあるのか？」

顔を摑《つか》めそうなくらい大きな掌を額に押しあてられ、ミナトは弾《はじ》かれたように後ろに逃げた。

「ミナト……？」

手が気まずそうに引っこめられる。

「あっ、あの、ごめん、なさい……。その、僕、ずっとギー、さんの事を、に、にーにって呼んでいたのを思い出して……」

抱えた膝に真っ赤になった顔を埋めてしまったミナトに、ギーは目元を緩めた。

「さん、など要らない」

低い声が柔らかくミナトの耳朶《じだ》をくすぐる。

「え、と。じゃあ、ギー？　……なっ、なんか、照れくさいです……っ」

「にーにでもかまわない」

「でも不愉快じゃないですか……？」

再び伸びてきた大きな手に優しく頭を撫《な》でられ、ミナトは首を竦《すく》めた。

「いや。弟ができたようで……くすぐったかった。俺に兄弟はいなかったからな」

くすぐったかったのか。

ミナトは上目遣いに少し照れているらしい顔を見つめる。するとギーがふいと目を逸らした。

「……まあ、すぐに弟だなんて思えなくなってしまったが」

「え……っ」

それって、ミナトは弟として不合格だったという事だろうか？

しゅんと肩を落としたミナトに、ギーが狼狽《うろた》えたように言葉を繋《つな》げる。

「悪い意味ではないぞ。その、おまえがあんまり可愛《かわい》いから……」

可愛い。

十八歳男子に与えられるには微妙な誉め言葉だが、ずっと入院していたせいもありミナトの体格はこの世界の人たちに比べれば薄っぺらで子供並みに貧弱だ。ずっと自分は十四歳だと思っていたせいで言動が幼かった自覚もある。

「あ、ありが――」

だが、ありがとうと言いかけて、ミナトは再び真っ赤になってしまった。かつて自分がシルヴィに教えられて、とんでもない〝ありがとう〟をこの男にしていた事まで思い出してしまったのだ。

〝大好き〟と、ハグ。

――いやでも今はそんな事を思い出している場合ではない。

ぶんぶんと首を振ると、ミナトはもごもごと呟いた。

「僕はギーの事、とても頼もしいお兄さんだと思ってました」

「お兄さん、か……」

ギーが頬を強張《こわば》らせ目を伏せる。

自分はなにか変な事を言っただろうか。それともやっぱり自分のような弟などいやだったのだろうか。

息をつめて反応を窺《うかが》っていると、ギーが大きく息を吐いた。ミナトの薄い肩を無骨な手で掴み、決然とした表情で唇を開く。

「ミナト、俺はおまえが愛しい」

ミナトはぱちぱちと瞬いた。

「あの、僕もギーが大好きです」

肩を掴む手に力が籠《こ》もる。ギーはとても不満そうな顔をしている。

「えーと……?」

ギーが戸惑うミナトを挟むように手を突いた。

「ミナト、はっきり言おう。俺はおまえに触れたい。おまえの唇を吸ってみたくてたまらないし、クロードと共にいるのを見ると腹が立つ」

「え……ええ……!?」

嘘だ、ととっさにミナトは思った。

ギーは強くて野生の獣のように綺麗でおとなの落ち着きを備えている、ミナトの憧《あこが》れそのものような男だ。そんな男が自分を好きになるわけがない。

　でも。

「迷惑、か？」

　ギーは真剣にミナトを見つめている。お芝居のようにはとても見えないし、ギーはそういう悪ふざけをする男ではない。

　ミナトは急いで首を振った。

「迷惑じゃありません！　嬉《うれ》しいです、けど、その、びっくりして。だって僕は男だし、シルヴィやクロードの方がよっぽど綺麗だし、ギーは王子様だから……」

「俺は王族なんかじゃない」

　一瞬でギーの目つきが険しくなった。

　憎悪も露《あら》わに吐き捨てる男に、ミナトはたじろぐ。

「そう、なんですか？　ギーも王子様だと思ってたんですけど」

　ギーは不愉快そうに顔を歪《ゆが》め、どっかとその場に腰を据えた。

「単にカディオ王の血が流れているだけだ。俺の母は王宮の下働きだったが、王に手をつけられ孕《はら》まされた。貧しい街娘が子をなしたところで、王が自分の子と認めるわけがない。逆に殺されそうになり、母は王都から離れた山里で俺を産んだ」

　ミナトは息を呑んだ。

なに、それ。

ミナトにとってお母さんはとても大事な存在だ。そのお母さんがもしそんな目に遭わされたら――ふとそんな事を想像してしまい、ミナトは怒りに震えた。

――許せない。

ギーも同じ気持ちなのだろう。錆《さ》びた金属のように冷たく近づきがたい目をしている。

「母は人がよくて損ばかりする人だった。王の落とし胤《だね》など殺してしまえばよかったのに、生まれたら情が湧いたらしい。俺を大事に育ててくれた。一生王族などというものとは関わらないで過ごす心づもりでいたんだが、魔王が王の二番目の子を差し出せと言ってきたせいでなにもかもが無茶苦茶になった。王は父親らしい事などなに一つしなかったくせに俺を捜し出し、贄《にえ》にした。――俺はただの狩人《かりうど》で、王子などではないのにな」

ようやくわかった。だからギーはなんでもできたのだ。毒茸《どくきのこ》を見分ける事も、獣を狩る事も、獲物を解体し毛皮を加工する事も。

だが――とミナトは唇を噛む。

本物の王子王女と暮らす日々はギーにとって決して楽しくなかったに違いない。

「だからギーは王族が嫌いだったんですね……。それでもクロードたちに力を貸してあげたのは、なぜ？」

答えはわかっているような気がした。

「幼い子供やか弱い女を見捨てるなんて、屑《くず》のやる事だからだ」

——父王のような、屑が。

「父王を見て、王族と言うものがどれだけ身勝手か充分知ったつもりでいたが、俺は見誤っていた。クロードに助力を求められて、俺は初めて王子たちの行いを知った。てっきり同じ王族同士、助け合うのだろうと思っていたのに、あいつらはまるで獣だった。——俺は後悔している。王族に関わりあいたくなくて、森に放たれると同時に逃げた事を」

ギーの中では今なお王族に対する強い憎しみが燃えている。だがどんな経験も、ギーの本質を損なう事はできなかった。

ギーは誰よりまっすぐで、善良だ。

「がっかりしたか？　俺が王子などではない、ただの狩人だとわかって」

自嘲《じちょう》するギーはひどく傷ついているように見え——ミナトは首を振った。

「どうしてですか？　王子であるってそんなに大事な事？　狩人も素敵なお仕事だと僕は思います」

この世界の住人でないミナトにとっては、王子様だろうと狩人だろうと大差ない。ギーはギー。褐色の膚《はだ》の、誰より頼りになる男だ。

ギーは目を伏せ、長い長い溜息をついた。

「ありがとう」

大きな男に縋《すが》るように抱き締められ、ミナトは広い背中を抱き返す。掌に感じる肉体は、自分よりずっと逞しいのに、庇護欲に似た愛おしさが湧きあがってくる。

「ギーは、だからクロードの事も嫌いなんですか？」

ギーが無造作にミナトを持ちあげ、片膝の上に座らせた。思わず引けた腰を長い腕が引き寄せる。

「どんなに取り繕ったところで、王族の男は下劣だ。なんでも自分の思い通りになるのがあたりまえだと思っている。あの男も色狂いだ。ニヴェールでは女と見れば手あたり次第に手を付けていたと聞いている」

ずきんと、胸の奥が疼《うず》いた。

「そう、なんだ……」

ミナトの顔色が悪くなった事に気づいたギーが、蜂蜜《はちみつ》色の手に手を重ねる。褐色の手はクロードよりごつごつしており、掌も硬い。

「聞きたくなかったという顔をしているな。……クロードが好きか？」

ミナトの肩に力が入った。

「好きっていうか、シルヴィに紳士的に振る舞う姿しか見た事がなかったから、びっくりしただけです」

「俺よりクロードの方が好きなら、そう言え。そうしたらもう二度とこんな事は言わない。だがもし俺の気持ちに応えてくれる気があるなら――」

迷うような間が空いた。熱っぽい金色の瞳がミナトの顔色を窺う。

「――キスを許してくれないか」

――キス？

ミナトの頬にほわりと血の色が浮いた。

ギーの言う〝好き〟が急に真に迫って感じられてきて、ミナトはわたわたと視線を泳がせる。

「あ、あ、あの、どうして、急に？　今までこんな事、言わなかったのに……」

褐色の膚に血の色が浮いた。ギーが一瞬だけ憤怒の表情を覗かせる。

「血塗《ちまみ》れで倒れているおまえを見たからだ！」

ミナトは目を瞠《みは》った。言い方こそ猛々《たけだけ》しかったが、ギーはひどくつらそうだった。

「死んでしまうかと思った。――生きていてくれて、よかった……」

そっか。

言葉にならない感情が膨れあがる。

心配してくれていたんだ、この人は。

そしてまだミナトが死んでしまう事を心底恐れている。だから急ぐのだ。〝今〟が永遠に続くものではないと知ってしまったから。

「ギー……」

「二度とあんな目には遭わせない。これからは俺がおまえを守る」

――守る？　僕を食べなければ人族が滅びてしまうのに？

暗い喜悦を覚えたが、ミナトにはわかっていた。

――僕はきっと運命には逆らえない。

無理やりひきずりこまれたこの世界も神様も好きではないけれども、使命を放棄するのも怖かった。

放っておけば大勢が死ぬ。――ノエルのように。

ミナトはもう一方の手を、ギーの手の甲に重ねた。

ギーに守られ現実から目を背けていられたらどんなにいいだろう。でも、今の言葉を貰えただけで、もう充分。

キスを許してあげるなんて、偉そうな事など言えない。

ギーに、キス、したい。

ギーに搔《か》き口説かれたからではない。そうしたいという欲望が軀の奥底から突きあげてくる。

ミナトは躊躇《ためら》いつつも伸びあがった。

睫毛《まつげ》を伏せ、唇に唇を押しあてる。

すぐ離れたミナトを、熱っぽいギーの視線が追う。気恥ずかしくなってしまって俯こうとするミナトの頰に手が添えられる。

「もう少しだけ」

押さえられているわけでもないのに、言葉と同時に吐き出された息を唇に感じたらそれだけで動けなくなってしまって、ミナトはきゅっと目を瞑《つむ》った。

乾いた、清廉な接吻が与えられる。

だが、経験のないミナトにとっては、充分甘い。

しばらくの間、ギーは祈るようにただ唇を重ねていたが、やがて親指でミナトの唇をなぞった。

「口を開けて。舌を出して」

躊躇っていた時間は短かった。すごく恥ずかしかったが、ミナトはおずおずと唇を開き、舌の先をちょっとだけ出した。そうしたらギーが舐《な》めてくれた。

甘やかな痺《しび》れが舌先から広がり、ミナトを夢見心地にする。

ふわふわ、する。

軀中を流れる血の流れまで感じられるよう。

無心に舌先を触れ合わせているだけで、なんだか胸がいっぱいになってしまい、ミナトは、はふ、と充足の溜息をついた。

「あの、ギー。僕もあの、多分、ギーの事が、好き、です……」

でないとキスなんてしたいと思うはずがない。

逞しい胸に寄りかかり小さな声で告げると、ギーは感極まったように囁《ささや》いた。

「ミナト……！」

髪や額や頬に降ってくるたくさんのキスがくすぐったくて、ミナトは笑い声をあげる。

他愛のないじゃれあいを心ゆくまで楽しんだあと、ミナトはスープをもらって軽い食事をすませた。十日ぶりなので、お皿に半分だけ。それで様子を見て、大丈夫そうならあとでもう少ししっかりした夕食を食べさせてくれるらしい。

手際よく片づけをすると、ギーは紹介したい人がいると言って、どこかへ行ってしまった。

熱っぽいなとミナトはぼんやり思う。上気したせいではなく、軀が怠《だる》くて頭がぼーっとする。

石段に足を投げだしたまま石床の上に寝転がり、斜めに差しこむ陽を浴びていると、結界の中で見たのと同じ、コバルトブルーの蝶《ちょう》がひらひらと寄ってきた。

頭の中で本が開く。

精霊——ソラン神が作りあげた食物連鎖の最下層に属する存在。人族を傷つける力を持たないから無害と思われているが本当は彼らの主食は空気中を漂う微量の魔力だ。

彼らがミナトに寄ってくるのは、蜂蜜色の膚から漏れ出る魔力を食べたいから。

手を差し伸べてみたら、蝶はミナトの指先に止まった。メタリックな輝きを放つ翅《はね》をしげしげと眺めていると、影が落ちる。ギーが戻ってきたのかと思い目を遣《や》ると、クロードが傍に立って見下ろしていた。

「クロード？」

「やあ、ミナト」

いつも柔らかく微笑んでいる人なのに、珍しく無表情でどきりとする。

「どうしたんですか、クロード」

焦《じ》れたミナトが促すと、クロードは妙に怖い笑みを浮かべた。

「……ギーとキスしていたね？　ミナト」

「みっ、見てたんですか……!?」

ミナトは慌てて起きあがり、上目遣いにクロードの顔色を窺った。別に悪い事をしたわけじゃないのに、なんだか後ろめたい気分だ。

「ギーが好きなのか、ミナト」

ギーと同じような事を聞かれ、ミナトは石床の隙間《すきま》から生える草をむしり始めた。

「好き……です。ギーがいい人だって事は、クロードも知っているでしょう？」

クロードの目が細められた。

「もし、私もミナトを好きだと言ったら、どうする？」

ミナトは固まった。

クロードが自分を好き——？

そんな事がありうるの……？

　どくどくと心臓が脈打ち始める。

　クロードはしばらくの間、真意の読めない菫色の瞳でミナトを見つめていたが、やがて身を屈《かが》め、淡い桜色の唇を形のいい指先でなぞった。

「いきなり好きだなんて言われても困るか。私はギーと違って優しくないしな」

　ミナトは驚いて、勢いよく顔を上げた。

「クロードは優しいです！　……どうしてそんな事を言うんですか？」

　クロードの顔から表情が消える。

「私はミナトを利用した」

「そんなの、いいんです。僕はそうされるためにここにいるんですから」

「そんな言い方はやめなさい！　──いや、私にこんな事を言う資格はないな。もし他に方法が見つからねば私はミナトを贄にするつもりでいるのだから。……酷い男だろう？」

　ミナトは微笑んだ。

「それで、いいんです。そうすれば皆が幸せになるんだから」

　まるで聖人君子のような受け答えだなとミナトは他人事《ひとごと》のように思う。

　本当はミナトは、ギーとクロード、それからシルヴィ以外のこの世界の人族なんてどうでもいいのだ。だけど、魔王を倒さない限り人が死に、ミナトは罪悪感に苛《さいな》まれる。人族が滅べばきっとクロードとギーも生きてはいられない。どうせ死ぬなら二人を守りたい。それだけ。

「そうだな、私以外はきっと幸せになるだろう」

クロードらしくない投げやりな言い方に、ミナトは眉を顰《ひそ》めた。

「クロードも幸せになってくれなきゃだめです」

「君がいないのに、どうやったら幸せになれるんだ？」

なんて事を言うんだろう。

熱烈な口説き文句に、かあっと頬が熱くなる。

「本当は馬鹿な事を言わないでって諫《いさ》めなきゃいけないいんだろうけど、そんな風に言ってもらえて嬉しいです。でも、もし贅にならずにすんだとしても、王族ではないから、きっとクロードの傍にはいられませんよ？」

身分の事など考えていなかったのだろう、クロードは少し驚いたようだった。

「ミナトは元の世界ではどんな風に暮らしていたんだ？」

どきんと心臓が跳ねる。ミナトはそれとなく目を逸らした。

「どんなって、普通です。お父さんとお母さんと妹がいました。毎晩あたたかいベッドで寝られましたし、ひもじい思いをした事もありません」

「向こうの世界ではミナトは幸せだったんだね」

なにげない感想にすぎなかったのに、急に涙が零れそうになった。

「でも、僕は十四歳の時に、ベッドから出られない軀になってしまったから」

幸せだったとは言えないけれど、幸せでないとも言えなかった。お母さんはミナトのために一生懸命だった。お父さんも妹も、様々なものを犠牲にしてミナトに尽くしてくれた。

「そう、か」

予想外の返答に、クロードは戸惑っているようだ。

ミナトは唇を噛み締めた。

もう家族の事など思い出したくなかった。

大好きだけど、思い出すだけで泣きそうなくらい切なくなってしまってつらい。それにどうせもう、彼らの元へは帰れないのだ。

クロードが長身を屈めて、頭のてっぺんにキスしてくれる。

「今はギーに喧嘩を売るつもりはないからね、これだけで我慢しよう。でもミナト、私は本気だからね」

最後に頭を一つ撫でて背筋を伸ばしたクロードが、ブーツを鳴らして庭から去ってゆく。姿が見えなくなると、ミナトはまた石床の上に上半身を倒した。

「好き、か。向こうの世界にいたらこんな事、ありえなかったよね」

同性間の恋愛なんて、変だと思っていた。でも今は、そういう抵抗感はまったくない。もうすぐ死ぬかもしれない状況にあるから、そんな些細な事などどうだってよくなってしまったのかもしれない。

——いいよね、ずっと年上の王子様を好きになっても。ああでも、ギーもクロードも好きなんて、狡《ずる》いのかな……。

「ミナト」

石床の上でごろごろと転がっていたらギーが戻ってきて、ミナトは髪に草の葉をつけたまま慌てて起きあがった。ギーが連れてきたのは、レイモン・ロードという名の壮年の男だった。戦士のように逞しい体格をしているが神殿に属する学者らしい。この遺跡の研究をするため、何年も一人でここで暮らしており、番人と呼ばれているという。

神子だと知ると驚いていたが、ミナトになにを求める事もなく、大変な役目についてしまったなと逆に気遣ってくれた。気さくな人柄にミナトもすぐこの男を好きになった。

この場所は聖域とみなされており、神殿の高位の者や王族のごく一部しか場所を知らないらしい。クロードたちがここにいる事も極秘で、ミナトの存在も秘されていると言う。

その晩、三人は遺跡の入り口にあるレイモンの小屋に招待された。熱っぽいのを隠し、ミナトも供されたパンやミルクをたっぷり使ったシチュー、香草と共に煮こんだ魚というご馳走《ちそう》を貪《むさぼ》るように食べた。久しぶりのまともな食事に、心と躯が癒《いや》される。

それから遺跡内の部屋に戻り、大きな寝台に三人で並んで眠った。

しばらくはこんな風に穏やかな日々が続くと思っていたのに、朝起きるとミナトの熱があがっていた。

＋　＋　＋

熱はなかなか下がらなかった。なぜか魔法で癒す事もできないらしく、夢かうつつか判然としない日々がただ過ぎてゆく。

ミナトが目を覚ますと必ず傍にクロードかギーがいた。

大好きな人が目覚めるとすぐに気がついてあれこれ世話を焼いてくれるなんて、なんて幸せなんだろう。

このまま何も考えず、最後の日までずっと微睡《まどろ》んでいられたらいい。そう、思ったのに。

気がついたらミナトはまた図書室にいた。

再構築はまだ完全ではないらしい。書架には題字がぼやけて読めない本が交じっている。ここにくる直前の記憶や元の世界への帰還に関する知識もそうだ。これらの本は抜き出す事すらできない。

過去の神子に関する記録も歯抜けになっており、閲覧可能な本も題字が滲《にじ》んでいた。

いやだな、とミナトは思う。

どうして僕はここにいるんだろう。今は別に知りたい事なんてないのに。

ずず、と。何かを引きずるような音がする。

振り向いた先で、一冊の本が勝手に書架から抜け落ちようとしているのが見えた。

だめだと思ったのと同時に落ちた本が開き、奔流のように記憶が流れこんでくる。

休みなく続く蟬《せみ》の声。黄色いアヒルが浮かんだビニールプール。

はしゃいだ妹が跳ばした飛沫がきらきらと光っていた。

ミナトの母がジャムを添えた焼きたてのスコーンを運んでくる。

いつの間にか場面は変わり、ミナトはリビングのテーブルに座って、妹を膝に抱いていた。

まだ幼い妹は食べるのがへたくそで、ジャムで手や口のまわりをべたべたにしてしまう。だめだなあ、なんて言いながら布巾《ふきん》で拭《ふ》いてやるたび、〝僕はお兄ちゃんなんだ〟という喜びを覚えた。

すべてがきらきらと輝いていた。

――帰りたい。

せっかく、考えないようにしていたのに。

狂おしいほど恋しい気持ちが溢《あふ》れだす。

あそこに帰りたい。待っているのが病院の寝台だったとしてもいい。お母さんの声を聞きたい。

──どうして僕がこんな世界のために犠牲にならなきゃいけないの──？

「ミナト……ミナト」

誰かが遠慮がちに肩を揺さぶっている。眼を開けてみたが、世界が滲んでいてよく見えなかった。不思議に思って瞬くと、眦《まなじり》から透明な水滴が一粒転がり落ちる。

「なみ、だ……？」

「どうした、ミナト。怖い夢でも見たか」

ギーが指先で涙を拭う。

なんとなく離れがたくて、ミナトは離れてゆこうとしていたギーの手を捕まえ頬《ほお》擦《ず》りした。

「うん。見てました。夢。でも、怖い夢じゃない……」

「どんな夢だ？」

「お母さんの夢」

ギーの表情が曇った。

「家にいたんです。妹に水遊びさせて、お母さんが焼いてくれたスコーンを食べた……」

この胸の中につまっているたくさんのきらきらしたものを、どうやって言葉にしたらいいのかわからなくて、ミナトは途中で口を噤《つぐ》んでしまう。

黙って涙を零すミナトの頭にギーがキスした。

「家に帰りたいか」

ミナトは泣いているような顔で笑った。

「帰りたいけど、無理だと思います。僕、異界から魂だけ連れてこられたんです。大きな魔力を持っていたから」

「そうか……ミナトも己の意志に反して家族から引き離されてきたのだな」

優しく髪を撫でられ、ミナトは涙が零れ落ちないよう、きつく目を瞑った。

「我慢しなくていい。帰りたいならそう言え。俺がその方法を探してやる」

「本当に……？」

思わずそう言葉にしてしまい、ミナトは両手で口を押さえた。ギーは口先だけの慰めを言うような男ではない。

「ああ、約束する」

躊躇いなくギーは誓う。ミナトの血肉がなければ魔王を倒せないのに。

そんな事簡単に約束しちゃだめだよとミナトが言う前に、冷ややかな声が割って入った。

「神子を手放せば人族が滅ぶ。魔王を倒すまでは軽はずみな言動は慎め、ギー」

ギーが瞬時に険しい表情を浮かべ、立ちあがろうとする。不穏なものを感じたミナトは急いで起きあがり、ギーの服を掴んだ。

「ギー、だめ。クロードも、その、もっと穏便な言い方してください」

寝室に入ってきたクロードは、ギーの反対側に回りこみ寝台に腰を下ろした。

「あんまりギーが直情的な事を言うからだ。それよりミナト、なにか食べられそうか」

ミナトは申しわけなさそうに肩を落とした。

「ごめんなさい。なにも食べたくないんです……」

「まだ熱が下がらないのか」

「でも、あの、心配しないでください。きっと寝ていれば治りますから」

「そうは思えないな。この三日、ミナトはろくに食べてない。これでは躯が弱る一方だ」

クロードが無造作に上がけを剝《は》いだ。

「おい！」

ギーが威嚇するが、意に介さず寝台に乗りあがって薄く微笑む。

「そう騒ぐな。魔力の流れを見るだけだ」

「乱れは直ったと言ったのはおまえだぞ」

「ミナトは魔力量が多いから、小さな不具合でもすぐ影響がでるんだよ。――ああやっぱり。以前とは別の問題が生じて、魔力が溢れているな。それが熱となって発現しているようだ」

ミナトの躯の上に手を翳《かざ》したクロードが顔を顰《しか》める。するとギーも表情を引き締めた。

「どうすればいい」

クロードはしばらく思案していたが、おもむろにミナトの上に覆い被《かぶ》さった。愛を告げるような甘い声で囁く。

「ミナト、キスしてもいいか?」

「え」

ぽん、と。音を立てて顔から火を噴きそうになった。

いきなり何を言い出すんだろう!

「貴様!」

瞬時にクロードの喉元《のどもと》に突きつけられた黒い刃にミナトは慌てる。

「ギー、やめて! クロード、あの、キスってどうして必要なんですか?」

「手で触れるより深く接触できるからだ」

クロードとキスする事を考え、ミナトは恥ずかしさに目元を上気させた。

本当、なんだろうか。

そう思うと同時に頭の中で本が開いて答えがわかった。

本当だ。

だがギーは納得できないらしい。

「そんな話、聞いた事ないぞ」

「魔法学を学んだ者なら誰でも知っている事だ。なんならレイモンに聞いてみればいい」

暗に無知だと謗《そし》られ嚙み締められたギーの奥歯がぎちりといやな音を立てる。

「……嘘だったら殺す」

ギーが悔しそうに譲歩すると、クロードがミナトにキスしやすいよう、寝台に手を突いた。

「魔力は目に見えない不思議な力だが、その在り様は心に似ている。気持ちが弱まれば弱まるし、気力が充実していれば一時的に総量が増える。そして心の結びつきを深める行為は魔力をも深く結びつける。――ミナト、気を楽にして。口を少し開きなさい」

ミナトは言われた通りに唇を少し開く。

長いプラチナブロンドを耳にかけてから、クロードが身を屈めた。

ミナトとは違う白い膚に綺麗な菫色の瞳。クロードはやっぱりとても綺麗だ。

ゆっくりと近づいてくる美貌を見ていられなくて、ミナトは目を閉じる。

――あ。

ひどく熱く、弾力のあるものに唇を塞《ふさ》がれる。それで全部かと思ったら、柔らかく濡れたものが口の中に入ってきて、ミナトは舌先を震わせた。

こんな事をされるなんて思わなかった。こういう場合、どうしたらいいんだろう？

クロードの舌がまるで別の生き物のように蠢《うごめ》きミナトの舌を搦《から》め捕《と》る。ぬる、と粘膜を擦り合わされて、ミナトは思わずシーツを握り締めた。

ぞわぞわ、する。

すごくいやらしくて――気持ちいい――？

「ん……っ」

だめ。ギーが見ているのに。

いけないと思えば思うほど——食いいるように凝視するギーの視線を感じれば感じるほど、ますます軀が熱くなってしまい、ミナトはもぞもぞした。

「は、ふ……」

クロードが離れてからもぼーっと天井を眺める。軀の中をなにかが流れてゆくのを感じていたような気もするけれど、記憶に残っているのはクロードの舌の感触だけだ。

「どうだ。楽になったか?」

クロードに問われ自分の軀の様子を探ってみて、ミナトは驚いた。ずっと続いていた頭痛や倦怠感《けんたいかん》が嘘のように拭い去られている。起きあがってみると軀が軽い。

「すごいです！　本当に楽になりました」

「なに!?」

今度はギーの男らしい顔が目の前に大写しになり、ミナトの心臓は止まりそうになった。押しあてられたギーの額は火のように熱かったが、本人は温度差など感じてもいないようだ。長身を丸め真剣にミナトの熱を確かめている。

やがて本当に熱がさがったと得心したのだろう、ほっとしたように背筋を伸ばした。

「くそ……っ」

それでもクロードが気に入らないらしい。悪態をつくギーの反対側で、クロードが気怠げに突っ伏した。

「あの……クロード？　具合、悪くなったんですか？」

ふう、と色っぽい吐息をつきクロードが身じろぐと、シーツの上に広がった長いプラチナブロンドが柔らかな波を描いた。

「いや。今ので力が増大しつつあるようだ」

ギーの表情が引き締まる。

「どういう事だ」

「キス、というのはある意味、心の一部を相手に捧げるようなものだからな」

「わけのわからん御託はいい。とにかく血肉を食べなくても魔力を増やせるという事だな？」

ミナトははっとしてクロードを見た。

「あまり効率はよくないが――そうだな」

「ではミナトを死なせずにすむな？」

「日に何度もくちづけるのを許してもらえるのなら、おそらく」

ミナトは驚いた。そんな知識、神様に与えられた図書室にはない。ゲームの裏技みたいなものなのだろうか。

もしそれで死ななくてすむのだとしても――と考え、ミナトは顔を赤らめた。

キスをする？　クロードと？　一日に何度も？

「ミナト」

クロードの声に、ミナトは飛びあがりそうになる。

「はっ、はい！」

「回数を増やして試してみても？」

「あ……」

いいと言うべきなのだろう。だが、ギーが聞いている。了承したら、ギーはいやな気分になるに違いない。それにそんなの……恥ずかしい。

言い淀《よど》むミナトをギーが所有権を主張するように後ろから抱いた。

「待て、クロード。実行に移す前に接吻以外の方法でも同じ効果を出せないか調べろ。いくら無傷で魔力を底あげできるとはいえ、ミナトが可哀想だ」

クロードが挑発的に眉をあげる。

「他の方法とはなんだ？　褥《しとね》を共にする事か？」

接吻よりもっと過激な案に、ミナトは上がけを鼻の上まで引きあげた。

ギーが低く凄《すご》みのある声で恫喝《どうかつ》する。

「ふざけるな、クロード！」

「ふざけてなどいるものか。魔力の特質を説明しただろう？　私にはそれ以上に効果的な方法など思いつかない」

「真実そうだと誓えるか？　色狂いと言われたおまえの事だ、無学な俺を騙《だま》して、ミナトの唇を楽しもうとしているのではないだろうな」

「私を色狂いなどと呼ぶな」

クロードが声を荒らげた。

ミナトは大きな瞳を瞠《みは》る。

それまで余裕のある態度を保っていたクロードが本物の怒りを覗かせている。だが、気づいているのかいないのか、ギーは攻撃の手を緩めない。

「違うとでも言うのか？　何人ものご婦人と浮き名を流していたと聞いたぞ」

「好きでしていたわけではない」

憎悪すら滲ませ、クロードは吐き捨てた。

「力ある魔法使いは千の兵に勝る。私は父王に命じられ、国力を増強するために送りこまれてきた女と交わっただけだ」

思いがけない告白に、ギーもミナトもぎょっとする。

「まさか、王子ともあろう者がそんな理由で――」

「私が拒否すれば、妻を大事にしている兄やまだ子供である弟たちに役目が回る。他の国々でも魔法使いの増強には力を入れている。我が国だけがしている事ではない。――とはいえ、誉められた事ではないのはわかっている」

クロードは髪と同じ色の睫毛を伏せた。恥じているのだ。己のした事を。

だからかな、とミナトは思った。好きだと言ったくせに、クロードはギーとミナトの邪魔をしようとはしなかった。ギーと喧嘩する気はないからだとクロードは言っていたけれど、本当はかつての行為を引け目に感じ、ミナトに愛を請う資格などないと思っていたからではないだろうか。

なんて不器用な王子様なんだろう。

「――だが、ミナトの前で私を色狂いとは呼ぶな」

鋭い視線がギーを貫く。恫喝より懇願の色が濃い眼差しを、ギーも真摯《しんし》に受け止めた。

「わかった」

ギーが頷《うなず》くと、クロードがふいと二人に背を向ける。窓辺に立ち、先刻までの激情が嘘のように整然と話を進め始める。

「ミナト、私にはニヴェールの王子としての責務がある。国の存続のためにも、ノエルや他の死んでいった姫や子供たちのためにも、私は最善を尽くさねばならない」

「ノエル……」

ミナトは目を眇《すが》めた。

愛らしいお姫様。

あの子を幸せにしてあげたかった。

「だが、そのために君を死なせるなど、私の望むところではない。それに魔王討伐のためだけではなく私は——君に、キスしたい」

クロードの声は、囁きに近かったが、ミナトの耳まではっきり届いた。

「——待て、クロード！」

「そしてギー、私は君にも同じ事をしてもらいたいと思っている。居場所がわかり次第私は魔王と対峙《たいじ》するつもりだが、その時には君にも手伝って欲しい」

そんな事は考えてもいなかったのだろう、ギーは狼狽《ろうばい》した。

「俺は狩人だぞ。魔法も使えない」

ミナトの所在に気がついたのか、精霊蝶がメタリックな色彩の翅を閃《ひらめ》かせながら窓から入ってくる。ギーが手を差し伸べると、蝶は白い指先に止まり、ゆっくりと翅を開閉させた。

「ギー、君はなぜ己の身体能力が余人を遥かに上回るのか、理解しているか？」

「王族の血のせいだろう」

「そう。君の血筋は私の血筋と同じく、人族にしては極めて魔力が高い。それだけでなく、君の血統に生まれた者はすべからく、無意識に魔力で肉体を強化する術を知っている」

ギーは誰よりも敏捷な上、魔族をも凌駕《りょうが》する膂力《りょりょく》を持つ。それがなぜか、この時初めてギーは理解したらしい。

「これは魔法だったのか？」

「君はまったく自覚していないようだが、私と同じくミナトとキスするたびに君の魔力は底あげされている。続ければもっと強くなるだろう。私は最強の魔法使いではあるが、一人で魔王と戦うのはいささか厳しい。君は私が知る限り最強の戦士だし、教えれば大魔法も使えるようになると見こんでいる」

　魔法を使えるようになる、という言葉にギーは少なからず興味を引かれたようだった。

「私に手を貸せ、ギー。もし求めに応じてくれるのなら——そうだな、君の目のないところではミナトに手を出さないと誓おう」

「僕!?」

　突然出てきた自分の名前に、ミナトは戸惑い二人の顔を見比べた。

「どうだ？」

　自信ありげにクロードが問う。

　ギーは即答しなかった。

「……少し考えたい」

「わかった。あまり時間はないが、色よい返事を待とう」

　小さく微笑むと、クロードは長い腕を伸ばし蝶を窓の外に放した。杖《つえ》を手に寝室を出てゆく。

　ギーは寝台に腰かけしばらく黙考していたが、やがてなにを思いついたのか立ちあがった。

「どこに行くんですか」

ミナトもまたギーを追い、寝台から飛び降りる。

「レイモンのところに行ってくる」

「僕も行っていい？」

間髪を容《い》れず返ってきた返事をすると、ギーは寝室の扉に手をかけた。

「かまわんが、遠いぞ」

レイモンの住む小屋は、遺跡の入り口にある。仕事場もその近くで、広大な広間を横切り、長い階段を上ってゆかねばならない。

「あの……ギー？」

「なんだ」

ミナトの小さな足音が、広すぎる空間に吸いこまれてゆく。

「さっきの……僕に手を出さないって条件が、理解できないんですけど」

まっすぐ前を向いていたギーが、ミナトをちらりと見遣った。

「知っているんだろう？　あいつも俺と同じようにミナトに惹《ひ》かれている」

「……本当に？」

変だ、とミナトは思う。自分にはクロードやギーに好かれるような魅力など欠片《かけら》もないのに。

「嬉しいか？」

淡々と問われ、ミナトは眉尻を下げた。

「えっ、あの……」

嬉しくないと言えば嘘になる。でもギーはそんな言葉など聞きたくないだろう。

ギーが、ふ、と嗤《わら》った。

「どう答えたって別に怒りはしない。あいつは本物の王子様だからな、俺は山育ちの野蛮な男で、金も名誉もない。おまえを悦《よろこ》ばせる手管も知らないから、いつ色事に慣れたあいつにかっさわれてしまうかと、本当は気が気じゃなかった」

本物の王子様?

揶揄《やゆ》するように——そして憧れているかのように強調された言葉が耳にひっかかる。

告白された時、ギーは狩人である事を気にしていた。もしかしたら煌々《きらきら》しい王子王女の間で暮らしながらギーは、その血にふさわしい振る舞い方を知らない己にコンプレックスを抱いていたのかもしれない。

「別にそんな、分が悪いとか、ないと思いますけど」

ギーが切なげな笑みを浮かべる。

「……あいつにキスされた時、自分がどんな顔をしていたか知っているか?」

「え……?」

「気持ちよさそうに蕩《とろ》けていた」

そんな事ない、とはとても言えなくて、ミナトはぼそぼそと口の中で呟いた。

「う……ごめんなさい……」

大きな掌がぐしゃぐしゃとミナトの髪を掻き回す。背の低いミナトは上目遣いにギーを見あげた。

「僕、子供じゃないんですけど……？」

「わかっている。だからこんな事になっているんだからな」

ようやく大広間の端まで辿《たど》りつくと、二人は狭い階段を黙々と上り始める。

階段は果てしなく続くように思われたが、やがて木箱が山と積まれた踊り場に行き当たった。その間を抜け扉を開けると、レイモンが本の山に埋もれるようにして調べものをしていた。石床に敷いてあるラグの上には、獣道のような隙間しか残っていない。

「おお、どうした、ギー。ミナトも」

「こんにちは。レイモンさん。用があるのはギー。僕はおまけです」

ギーが訥々《とつとつ》と希望を述べる。

「クロードに聞いた。ここにはほかにない貴重な資料が保管されていると。神子の——いや、異界に関するものを見たい。特にどうやったら異界と行き来できるのかが知りたい」

ミナトは驚きギーの顔を見あげた。どうやらギーは本当にミナトを元の世界に帰すつもりらしい。レイモンが面白そうに相好を崩す。

「ミナトを帰すためか。ふむ。そんな方法があるかどうかはわからないが、神子に関する書物が置いてある場所を教えよう。あとは自分で探すといい」

　レイモンが教えてくれたのは、さらに遺跡の高い場所に位置する塔の一室だった。

　長い階段を上り部屋に入ったギーは、早速一つしかない窓の傍で窮屈そうに背中を丸め、分厚い本のページをめくり始めた。

　野生の獣のように引き締まった長身に、難しそうな本は似合わない。だが、ミナトは真剣な横顔から目が離せずにいた。

　本を広げてはいるもののページをめくりもしないミナトの沈黙をどう解釈したのか、ギーが普段より柔らかな声を発する。

「大丈夫だ。もし必要な資料が見つからなければ、直接オランジュ神に託宣を求める事もできる。神殿にはそういう事ができる神官がいると聞いている」

「神託……」

　神様の事を考えるだけで、胸の裡《うち》がいやな感じにざわめく。

　ぱたりと本を閉じると、ミナトはギーの隣に席を替えた。すり、と高い位置にある肩口に頭を擦り寄せると、ギーが小さく微笑み背中を抱いてくれる。

その夜眠るまでミナトは元気だった。

だが翌朝にはまた熱があがっており、ミナトはクロードにキスしてもらわねばならなかった。

ギーに申しわけないな、と思ったが、クロードにキスされるとなにもかも頭から吹き飛んでしまう。

治療が終わってぼーっとしていると、まだクロードがいるのにギーが怒ったような顔でのしかかってきた。

「ふ……ん……っ」

荒っぽいキス。

ギーのキスはクロードとは違って、洗練されているとは言い難かったが、ミナトはやっぱりドキドキした。好いてくれているんだと心から感じられるからだ。

体調が整うとクロードの要請で、魔法の鍛錬をするため大広間に出た。

クロードは強力な大魔法を使えるが、全力で打ち出せば十分もしないうちに魔力を使い果たしてしまう。だが、キスする事によって容量を増やし、さらにほとんど無尽蔵と言ってもいい量の魔力を持つミナトに使う端から供給してもらえば際限なく攻撃ができる。

ギーもミナトと一緒に魔法の使い方を習い始めた。ギーがクロードの申し出にどんな返事をしたのかミナトは知らない。了承したのだろうと思うが、二人の関係は今まで以上にぴりぴりしている。

とはいえ、鍛錬は順調に進んでいた。

クロードに言われた通り目を伏せ集中すると、身の裡を巡る熱が感じられる。ミナトのそれは流れが悪く所々で澱《よど》んでしまっているが、クロードの手を取って流れてゆくようイメージすると、少しずつ魔力を譲渡する事ができた。

「思ったより、疲れる……」

「大丈夫か、ミナト。どうやらこの方法だと魔力量自体を底あげする効果はないようだ。一定量に達すると、受け取れなくなってしまう」

まだちょろちょろとしか魔力を流せないが、ミナトが魔法初心者である事を考えれば悪くなかった。

キスするたび、クロードの魔力は着実にあがってゆく。ギーも日々魔法への理解を深めていた。ミナトの朝の発熱も、夕に一度キスを増やす事で回避できるようになっている。すべてがうまくいっているかのように思えたが、日が経つに連れてミナトは困った事態に悩まされるようになった。

「ん……っ、ん…………！」

逞しい男の軀が蜂蜜色の軀の上にのしかかる。長いくちづけに抗議しようと、肩を押し返した手首はとっくに捕らえられ、シーツの上に押さえつけられていた。そんなにしつこく吸う必要などないのに、ギーはミナトの上から退《の》こうとしない。

クロードと張り合っているのだ。反対にクロードがキスする時も同じような事が繰り広げられる。

深く舌を差し入れられ、口の中をねっとりと舐められ――ミナトはひくんと腰を震わせた。

どうしよう。変な気分になってきた。

情熱的な愛撫《あいぶ》に、下腹が疼く。

さりげなく立てた膝を閉じて誤魔化すが、クロードに見られているような気がしてならない。

早く終わって欲しい――そうミナトが心中で念じた時だった。寝間着を押しあげていたミナトのモノが摘《つま》まれた。

「気持ちよくなってしまったのかな？　ミナトは可愛いな」

艶っぽいクロードの声に、ミナトは泣きそうになる。

「ん――っ！」

いや。

ミナトは膝を擦り合わせた。不躾《ぶしつけ》な手を払いのけたいが、両手首はしっかりとギーに押さえつけられてしまっている。文句を言おうにも口の中には肉厚な舌が押しこまれたままだ。クロードの声が聞こえただろうに、ギーが放してくれる様子はない。

ミナトが抵抗できないのをいい事に、クロードが寝間着の裾《すそ》を引きあげ始める。

どうしよう。見えてしまう。

軽く指先が膚にあたっているせいで、どこまで脱がされているのかがよくわかる。太腿《ふともも》にすうすうあたる風にミナトは睫毛を震わせた。

「たまらない景色だな――」

クロードの溜息混じりの感嘆を無視できなくなったのだろう、ギーがキスを中断した。

「クロード！」

「ああ、すまない、ギー。君の邪魔をするつもりはなかったんだ。ただ、ちょっと試させて欲しくてね」

「試す？　なにをだ」

「もっと多くの魔力を得られる方法を。私たちの魔法容量が大きくなったせいだろう、キスによる魔力上昇率が落ちている。これでは何回繰り返せば魔王を凌駕する魔力を得られるかわからない」

「で……でも……」

ミナトは不安そうに二人を見あげる。

心の結びつきを深める行為は魔力をも深く結びつけるとクロードは言っていた。一体なにをするつもりなのだろう。

「大丈夫だよ。ミナトは気持ちよくなっていればいいだけだ。――だめかい？」

申しわけなさそうに眉尻を下げられ、ミナトはずるいと思った。そんな顔で言われたら、拒絶できない。

「い……いい、です、けど」

ぼそぼそと了承すると、クロードが優艶《ゆうえん》に微笑む。

「ありがとう。ギー、そのまま押さえていてくれ」

「え……っ」

寝間着を臍《へそ》の上までまくりあげられ、ミナトはぎょっとした。剝《む》き出しになった屹立が、熱く濡れたものに包みこまれる。

「ふわ……っ!?」

嘘……！

「や……っ、やです、クロード……っ！　ひゃ、だ、だめ……っ」

感じやすい皮膚の表面を、舌がぬるぬる滑ってゆく。じゅ、と強く吸われると甘い痺れが広がって、腰から力が抜けた。

「ギー……っ、ギー、やめさせて……！」

手首を摑んで放さないギーにミナトは必死に訴えかける。こんないやらしい事をこの誠実な男が許すわけないと思ったのに、ギーはこくりと喉を鳴らし、言った。

「すぐ終わる。ほんの少しの辛抱だ」

「うそ……。やだ、恥ずかしいし、汚いよ……っ」

クロードが見せつけるようにミナトを口から出し、舌で舐めあげる。ふるん、と揺れたミナト自身は決壊寸前、クロードの唾液だけではない、卑猥《ひわい》な蜜で濡れている。

「……くそ……っ」

上の空でそう呟き、ギーが涙目で震えているミナトの胸元に顔を寄せた。

「や……っ」

薄い布越しに乳首を甘噛みされ、全身が粟立《あわだ》つ。もっと淫蕩《いんとう》な気分になってしまう。

「ミナト、君の軀は本当に蜂蜜のように甘いよ」

クロードは執拗《しつよう》にミナトを愛撫し、追いあげていった。

「あ……っ、あ、や……っ。もう、だめ。だめ……！」

こらえられなくなってしまい、ミナトは仰《の》け反《ぞ》った。腰が浮きあがり、太腿に力が籠もる。

頂に達しようとしていると察したのだろう、ギーとクロードの食い入るような視線が喘《あえ》ぐミナトの顔に集中した。

「見ないでくださ……っ」

ミナトは必死に顔を背けたが、二人がかりで押さえつけられては完全に顔を隠す事などできない。過ぎる快感に虚《うつ》ろに目を見開き、薄く開いた唇をわななかせる様を見られてしまう。

いや………！

鮮烈な快感が弾けた。ミナトは甘い声をあげ、細い腰をひくつかせた。

クロードはミナトを放すどころか最後の一滴まで絞り尽くさん勢いで吸引する。

「あ……あん……」

すごい……。えっちって、こんなに気持ちのいいものなんだ。

性的経験がなかったミナトは、しばらくの間吐精の快楽にくったりとして喘いでいたが、衝撃が通り過ぎると、上がけを引っ張って顔を隠した。

「ば……っばかばかっ、酷いです、いやだって言ったのに……！」

「ミナト……」

「すまない。ミナトがあんまりにも魅力的だったから」

ギーが寝間着の裾を引っ張り、滑らかな曲線を描く小さな尻を隠してくれる。

ミナトの精を口内で受け取ったクロードは、軀を丸め、肩を震わせていた。

「どうした、クロード」

「すごい魔力だ。やはりこの方が効率よく魔力を摂取できるらしい」

こくり、と唾《つば》を飲みこむ音が聞こえた。

恐る恐る目だけ出して窺うと、ギーの金色の瞳が、飢えた獣のような光を湛《たた》えていた。

「ミナト、君を抱きたいな」

落ち着いてきたのだろう、クロードがプラチナブロンドを掻きあげながら起きあがる。

ぎこちない動きで寝台の隅へと後退《あとずさ》るミナトにクロードが向けた微笑みは、誰でも発情させられそうなほど妖艶《ようえん》だった。

「多分、その方がより効率的に魔力が増強されると思う。それにもう――我慢、できない」

かあっと躯中が熱くなった。クロードもミナトと同じように、このたまらない疼きを我慢していたんだろうか。

「ぼ……僕……」

王子らしく堂々と背筋を伸ばし、クロードが片手を胸にあてた。

「欲しいんだ、ミナト。キスでは足りない。君の全部を知りたい」

心臓を鷲掴《わしづか》みにされた気がして、ミナトは喘いだ。

どうしよう、全然いやじゃなかった。むしろ、嬉しい。

――ああ、僕、この人の事が好きなんだ。欲しいと言ってくれるなら、なにもかも投げ出せてしまうくらいに。

ギーは、甘く掻き口説くクロードの隣できつく唇を引き結んでいる。

この人も自分を心から好いてくれているのだと、ミナトは知っていた。

「キスと同じように、二人とすればいいんですか……？」

おずおずと尋ねると、ギーは驚いた顔をし、クロードは喜色を浮かべた。

「そうだ、私たち二人とも魔力が多いに越した事がないからね」

「ミナト、無理をするな。俺たち二人とも相手にするなんて、その細い躯では無理だ」

ギーの気遣いに、躊躇いが消える。ミナトは小さく微笑んだ。

「ギー、僕が好きですか？」

一瞬息を呑んだものの、ギーは真摯に言い切った。

「ああ、好きだ。こんな気持ちになったのは、生まれて初めてだ」

「僕が、欲しい……？」

ギーの目が据わる。激情を圧縮したかのような低い声で唸《うな》る。

「欲しいに決まってる……！」

心が決まる。

ミナトは背筋を伸ばし、二人に告げた。

「今夜で、いいですか？」

「ミナト……！」

まさかミナトが受け入れるとは思っていなかったのだろう、ギーが狼狽える。クロードも厳粛な顔をしていた。

「いいんだね？」

「どうしてそんな顔するんですか？　クロードはそうして欲しかったんでしょう？」

「そう、だが……」

「僕は平気です。僕、本当なら死ぬまでベッドの上で動けないまま終わっていたはずだったんです。だからたとえ魔王を倒すためでも、好きな人と、その、あ……愛し合えて、嬉しい」

ミナトは精一杯の笑顔を浮かべて見せる。少しでも気が楽になればいいと思って言ったのに、二人とも哀しそうな顔になってしまい、ミナトは困ってしまった。

とっくにいろんな事を諦《あきら》めてしまっていたせいだろうか、ミナトは二人が思っているほどこの事態がいやではない。これからする事を思うと、恥ずかしいし怖いけれど、二人とも同じくらい好きだし、ギーもクロードも傷つけずにすむからだ。

――好きだとミナトに告げた時のクロードはなんだか怖かった。最近ギーがクロードに向ける目も殺気立っている。

自分なんかのために二人が争うなんて間違っている。

だからきっとこれでいい。

いつもより遅くなってしまった朝食をすませると、ミナトたちはいつも通り魔法の練習に取りかかった。

大広間は広く堅牢《けんろう》で、多少の魔法を放ったところで崩れる心配はない。

習ったばかりの魔法の鍛錬に励むギーの姿には鬼気迫るものがあった。

熱風が――魔力が渦巻き、吹き抜ける。

ミナトもクロードに向かい合って座ると、差し出された両手を取った。目を閉じて教わった通り軀の内部を巡る魔力に集中し、クロードへと誘導する。

すぐに昨日まで不安定だった接続が定まった。流れてゆく魔力の量は昨日までの倍以上だ。

――ええと。これって、今朝のアレのせい？

クロードがミナトと掌を合わせ、指と指を絡み合わせる。

「感じるか？　私たちの間にあった壁が薄くなっている」

魔力譲渡する際の抵抗が明らかに弱まっていた。掌を合わせるだけで、クロードの皮膚の下を流れる魔力を感じる。

「愛しているよ、ミナト。今夜が待ち遠しい」

指先が震えた。今夜この人とセックスするんだと思ったら、軀が熱くなって目が潤んでしまった。どうやらミナトは、自分で思っていた以上に緊張しているようだ。

昼食までの時間を魔法に費やすと、ミナトとギーは塔で気怠い午後を過ごした。本のページをめくる音だけが室内に響く。だが、二人ともまるで本に集中できていない。頭の中にあるのは、今夜の事ばかりだ。

ことんと小さな音を立ててギーが本を置いた。

「向こうの世界で、ミナトは病気だったのか？」

ミナトは上の空で眺めていた本から目をあげる。

「ううん。事故に遭ったんです。十四歳の時に。その時に頭の中の大事なところが壊れてしまったみたい。ずっと目を開ける事すらできなかった」

今、厚い壁に穿《うが》たれた小さな窓の向こうには、真っ青な空が見える。

「それでも、帰りたいのか?」

慎重に問うギーに、ミナトは微笑みかけた。

「だって、僕のいるべき場所はあっちですから」

長椅子の上、ミナトは寄りかかっていたクッションを抱えぱたりと横になった。

「僕、ずっと死体みたいだったのに、お母さんは毎日病院に来て、いろんなお喋《しゃべ》りをしていってくれたんです。もう死んでるも同然なんだから、何をしたって無駄なんだって言われても諦めずに、少しでもいい治療を受けられるよう、いい病院を探してくれて——」

言葉にして、初めてミナトはああそうだったのかと理解する。だからミナトはノエルを放っておけなかったのだ。

外に出られなくなってしまったノエルはミナトと同じだった。

一人ぼっちで捨て置かれて。

皆と同じように日々を過ごす事すらできない。

ノエルがよくなったところで自分に関係ない。そうわかっていても、手を尽くさずにはいられなかった。

ミナトは闇色の目を伏せ、呟く。

「僕はお母さんやお父さんや妹が大好きでした」

でも、ミナトが壊れてしまって。お母さんはよくお金や将来の事について、お父さんと喧嘩するようになった。父方の親族に離婚まで迫られていたのをミナトは知っている。険しい声が聞こえるたび、ミナトは胸が潰《つぶ》れるような思いをした。

――ごめんなさい。僕のせいでつらい思いをさせて、本当にごめんなさい。

もしかしたらなにも知らないお母さんはまだ、魂のないミナトの抜け殻のために闘っているかもしれない。そう思うといてもたってもいられない。

「すまない、ミナト。おまえはこんなにも綺麗なのに、俺たちはとんでもない事をさせようとしている」

ミナトは席を立ち、こちらに背中を向け椅子に座っているギーの背中に抱きついた。

「僕は綺麗なんかじゃないですし、男なんだから、えっちしたくらいで傷ものになるわけじゃありません。その、ちょっと怖いけど、確実に魔王を倒せるならその方がいいですし、神様に言われた通りに食べられるより何十倍もマシですし、それに」

一旦《いったん》言葉を切ると、ミナトは勇気を掻き集めた。一番の理由をありのままギーに告げる。

「……ギーとクロードの事、好きですから。――わ！」

振り返ったギーに捕まえられ、膝の上に座らされた。間近にある金色の瞳に思わず目を瞑る。

――――あ。

優しい、くちづけ。

ふんわりとした幸福感にミナトは包まれる。

ギーが離れると、ミナトは恥ずかしくなってしまい逞しい胸元に顔を埋めた。

「こんな事言えなかったけど、ギーとクロードにキスされるたび、軀が熱くなってしまって困ってたんです。僕、本当はこうされたかったのかも」

病院で横たわっているだけの日々は灰色だった。でもギーやクロードといると、毎日が鮮やかで、楽しかった。

大嫌いな神様に攫《さら》われなかったら、この二人に出会える事などなかったのだろうと思うと、複雑な気分になる。

無骨な指が髪を梳《す》く。

「無理をさせて、すまない」

「だから、謝らないでください」

不器用な男にミナトはわざと朗らかに唇を尖《とが》らせてみせた。

陽が傾くと、クロードがレイモンのところから帰ってきた。皆でシチューを煮こみ、レイモンに貰ったパンで食事をすませる。

後始末を終えると、三人は順繰りに身を清めた。最後にミナトが水浴びを終える。膝丈の寝間着一枚だけをまとい、濡れ髪のまま寝室へと戻ると、クロードとギーが入り口の左右に立ってミナトを待っていた。

少し手前で立ち止まってしまったミナトの手を左右から取り、寝室の中へと導く。寝台が視界に入ってくるとなんだか緊張してしまい、ミナトはこくりと唾を呑みこんだ。

初めてのえっちの相手はおとなの男の人、二人だなんて、きっと誰にも言えない。

「しようか」

クロードが口火を切る。絡めていた手を持ちあげられキスされて、ミナトは頬を染めた。反対側からギーがこめかみにくちづけてくれる。

「……ふふ」

幸福だ、とミナトは思った。

かっこいいギーと麗しいクロードが、競うように軀のあちこちに接吻してくれる。向こうの世界では呼吸するのが精一杯で、なに一つ自分ではできなかったのに。

「ミナト、キスをしても？」

ギーに礼儀正しく問われ、ミナトは両手を褐色の首に回した。すぐに唇が塞がれ、熱い舌と唇に貪られる。ギーにくちづけられると、ミナトはいつもうっとりとしてしまう。

「んふ……」

ギーとは違う手が、ミナトの足の間を探り始める。後ろの蕾《つぼみ》をつつかれて、ミナトはひくりと下肢を揺らした。

——や……。そんなところに触ったら、だめ。

反射的に身をよじるが、手は離れない。それどころか、緊張している双珠や陰茎にいたずらし始める。

「ん……っ、ん……っ」

寝間着がめくりあげられ、膝が割られる。無防備に晒《さら》された太腿の内側に、柔らかく濡れたものが押しあてられた。

クロードの唇だ……。

あの目も眩みそうな麗人が自分の股に顔をつっこみ太腿にキスしているのだと思うだけで、くらくらした。

足のつけ根や蕾のまわりなど、感じやすい場所を優しく揉《も》まれただけで、ミナトの前はぴんと立ちあがり蜜を零し始める。どうにも我慢できず、ミナトは震える指でギーのシャツにしがみついた。

「んん……っ」

なにかで濡らされたクロードの指が蕾に入りこんでくる。

「ミナト、力を入れてはいけない」

なだめるような声に反応し、ギーがキスをほどいた。ミナトは、はふ、と苦しげな息をつく。

「だって、だってクロードが……っ」

目を潤ませているミナトの顔を目にしたギーが眉を顰めた。なにか言おうとクロードへと向き直るが、その前に膝裏が押しあげられ、蜂蜜色の右足が薄っぺらな胸につく。

クロードの指をくわえこまされた蕾を真っ向から見せつけられ、ギーの動きが止まった。

「すぐ気持ちよくなるから、力を抜きなさい」

クロードが、ギーによく見えるようソコに深々と指を呑みこませてゆく。とろとろになるまで濡らし、ぬちゅぬちゅと音を立てて指を前後に動かすと、性器で犯しているかのような動きにギーの喉がこくりと鳴った。

「見ちゃ、だめ……っ」

ミナトが必死でシャツを引っ張って後ろを向かせようとするが、ぴくりとも動かない。その間にもお尻の奥の方まで、長くていじわるなモノが入りこみ、ぬるぬると動いている。

長い、形のよい指で軀の奥のしこりをいじられ、ミナトは息を呑んだ。

「ん…………っ」

一瞬でミナトの全身が桜色に上気する。

「ああ、ここがミナトの気持ちいいところだな」

「や……っ、触んないでください……っ」

ミナトは細い腰をくねらせるが、他愛もない反抗は雄の嗜虐心《しぎゃくしん》を誘うだけだ。

「どうしてだ？　ここはこんなに気持ちよさそうに蜜で濡れているのに」

「ひあ……っ、や、いや、です、や。あ、あン、あ、あ……っ」

柔らかい肉の奥に埋められた指先が執拗にミナトの弱みを刺激する。身悶《みもだ》えするミナトの中に、クロードがさらに多くの指を呑みこませた。

「いた……っ、きつい、です、クロード」

「大丈夫。すぐ慣れる。――ああ、ギー。君もここがどんな感じか知りたくないか？」

ミナトの痴態に見入っていたギーが、ゆっくりと上体をもたげる。

「そうだな。だが、その前に……」

「や……っ」

ミナトは二人の男の手によって寝間着を剝かれ、シーツの上に横たえられた。貧弱な裸体が恥ずかしくて、ミナトは身を縮める。

クロードもギーもしっかり軀に厚みがあるのに、ミナトはどこもかしこも肉が薄い。胸も腰もぺらぺらでまるで別の生き物のようだ。

もうやだ。またあんな事されたら、おかしくなる。

そう思ったが、体格のいい男に二人がかりで迫られたらどうしようもない。ミナトはクロードに斜めに抱き抱えられ足を広げさせられた。

ギーが足の間に手を伸ばしてくる。クロードよりも太い指を呑みこまされ、ミナトはいやだとばかりに尻に力を入れた。

「う、や……っ！」

「優しく中を掻いてあげるといい。あまり深くない場所に小さな粒がある。そこをいじってあげると、ミナトは悦ぶ」

「悦ばないです！　だめ、ギー……っ！」

ぬく、と軀の内側を探られる。肉の熱さと柔らかさを確かめるように無骨な指先が動く。それだけでも気が遠くなりそうなのに、もっとも感じる場所を見つけだされ、ミナトはクロードの腕の中で身悶えた。

「ひあ……あ！　そこ、や。やあ……っ」

「クロードの言う通り、ミナトは感じやすいな」

「ギーの、いじ、わる……っ」

気持ち悦《よ》すぎて、気が変になりそうだ。

ギーがそこをつつくたび、腰が跳ねる。褐色の男らしい太くて堅い指を、きゅうっと締めつけてしまう。

「やだ、も……僕、ばっか……っ」

「君ばかりじゃない。私だって君のせいでおかしくなりそうだ。早く君の中に入りたいのを、必死に我慢している」

本当に？　とミナトは瞬いた。

本当にクロードもミナトのようにおかしくなってくれているんだろうか？

ただミナトの中をこね回すだけでは飽き足らなくなったらしい、ギーが小さな丸い尻にくちづける。ひゃ、と声をあげ身を縮めると、クロードもまたミナトの軀に触れ始めた。

「すごく手触りがいいな。掌に吸いつくようだ」

「やん……っ」

淡く色づいた胸の小さな粒を親指の腹で潰されると気持ちよくて、きゅううとギーの指を呑みこんでいる場所が締まってしまう。自分で自分がどうにもならない。嵐の海に浮かぶ小舟のように翻弄される。

好い反応にクロードが微笑み、ミナトの額に唇を落とす。

執拗に中を愛撫していた指が抜かれ、ミナトはシーツの上に仰向《あおむ》けに寝かされた。腰の下に丸めた枕が押しこまれ、軀を折り曲げられる。反り返った性器もオイルで濡れた蕾も全部二人に見えてしまうあられもない体勢にミナトは真っ赤になった。だが、いやがっても二人は許してはくれない。

クロードが下穿《したば》きの前を緩める。

「ミナトは初めてだからね。先に私がする。君の方が手慣れていてこの子に苦痛を与えない自信があるというなら譲ってもいいが」

　ギーが口惜しそうに顔を顰めた。

「……さっさとしろ」

　クロードの腰を覆っていたものが太腿までずり落とされる。麗しい容姿には似合わない猛々しいモノを見てしまい、ミナトは小さな悲鳴をあげた。必死にずりあがり逃げようとするが、クロードに簡単に引き戻される。

「大丈夫。すぐ気持ちよくしてあげる。力を抜いて」

「む、無理……っ。怖い……っ」

　指だけでも大変だったのに、あんなに大きなものを入れる、なんて。

「怖くないよ。君もきっとこれが好きになる」

「やだ、クロード……っ」

　手を添えられたモノの先端が蕾をつつく。圧を加えられ、ミナトはどうあっても自分を逃してくれる気などないのだと悟った。

　あ、入ってくる……。

　細すぎる腰の中に、腹につきそうなほど反り返ったモノがじりじりと埋まってゆく。少しでも痛みを抑え受け入れるため、ミナトは必死に息を吐き、力を抜こうと努めた。

「あ……あ……っ」

狭い路を押し開きながら入ってくるクロードは、燃えるように熱かった。

すでにミナトは理解していた。熱い、と感じるものは魔力なのだと。

クロードとギーは他の人より飛び抜けて魔力が多いから熱いのだ。

そして魔力は心と繋がっている。充血した部位には特に魔力が集中して——さらに熱くなる。

まるで軀の内側から灼《や》かれているよう。ミナトは震える吐息を吐いた。

「あ……っつい……」

長大なモノすべてをミナトの中にねじこんだクロードは動きを止め、ミナトの様子を推し量っている。

慣れぬ痛みと熱に喘いでいると、ギーが頬に触れてきた。

「ギー。ミナトにキスを」

クロードの言葉に応じ、ミナトの上に軀を傾《かし》げる。

「大丈夫か、ミナト」

「大丈夫じゃないです……」

「つらいだろうが、耐えてくれ。……好きだ、ミナト」

ふと気がつくと、ギーの下穿きの前が盛りあがっていた。ギーもミナトを欲しているのだ。

自分だってしたくてたまらないのだろうに、ギーは優しく唇をついばむ。いたわるようなくちづけに、涙が溢れてきた。

「ギー……」

思わず両手を伸ばしてギーに抱きつくと、唇がさらに深く重なる。口の中で濡れた舌が絡み合う。キスに夢中になっていると、クロードも腰を使い始めた。

「んーっ」

大きなモノが、ミナトの中をぐんと突きあげては引いてゆく。

最初の衝撃が過ぎ去れば、そうきつくはなかった。二人がかりで時間をかけて慣らしてくれたからかもしれない。

色狂いと言われていただけの事はあってクロードは手慣れていた。つらいと思っていたのに、巧みに中を穿たれ、気がつけばミナトは、ひっきりなしに甘い鼻声を漏らしていた。

ギーがキスしながら感じやすい胸の粒をいじってくれる。クロードも少し力をなくしたペニスに手を添え、ミナトに快楽を与えた。

「んう、ふ……っ、ん……ん、んん……っ」

あ……気持ちよくなってきた、かも……？

奥を突かれると甘い痺れが走り、軀がふるりと揺れてしまう。思わずきゅうと腹に力をこめると、クロードが喘いだ。

「ミナト、ああ、すごくいい……」

そう、なの？

ミナトは潤んだ瞳でクロードを見つめた。

ちゃんと僕で感じてくれている？

クロードが汗を滴らせ、うっとりとした顔をしているのに気づいたら、ふっと気が楽になった。ギーの首にしがみついていた腕の片方をほどき、クロードに差し伸べてみる。そうしたらクロードは指を絡めしっかりと握り締めてくれた。

ああ……。

不思議な感慨が躯中に満ち、ミナトは熱い溜息をつく。ごく淡かった官能が急速に膨れあがり、細い四肢を支配してゆく。

力強く奥まで穿たれると電流のようなものが脳天まで突き抜け、ミナトは仰け反った。

今の、いい……！

なにも言わずともミナトの反応からわかったのだろう、クロードがそこばかりを狙《ねら》って突いてくる。

過ぎる快楽に箍《たが》が外れた。好きだという気持ちが溢れ出す。なにか熱いものが、クロードへと流れてゆくのを感じる。

ミナトはギーのキスから逃れようと、首を振った。全力疾走しているかのように呼吸が苦しかった。唇を開いたまま大きく胸を喘がせると、無意識に力を入れてしまったのだろうか、最奥を突いたクロードが精を放った。

軀の内側をたっぷりと濡らされる感覚に、ミナトは身を震わせる。

「や……いや、クロード……！」

さっきまで散々逃げようとしていたくせに、やめて欲しくなくて、ミナトは細い泣き声をあげる。もっと今の場所を突いて欲しい。それなのにクロードは力をなくした己を抜き出してしまう。

からっぽになった場所が淋しくて、ミナトは肉襞《にくひだ》をひくつかせた。

「大丈夫だ、ミナト。今度はギーが満足させてくれる」

「あ……」

クロードがなにを言っているのか理解し、ミナトはおどおどと目を泳がせた。

次はギーに抱かれるのだ。

その方が楽だからとクロードに指示され、ミナトは膝を折り、獣のように四肢を突いた。

汗でぬめる腰を摑み、背後からギーが入ってくる。

「ん……」

クロードとは明らかに違う熱で、ミナトの中はいっぱいになった。

こういう行為には慣れていないらしく、ギーの動きはぎこちない。だがすでに、クロードの楔《くさび》で散々にこね回されたソコは、痛みもなく柔らかくギーをくわえこんだ。

指で散々に嬲《なぶ》られた弱み、そこを狙うように突きあげられて、ひくんと腰が逃げる。

ミナトはふるふると首を振った。

「ん……っ、ギー……っ、ギー、そこ、や……っ」

「なんて甘い声を出すんだ、ミナト。それじゃちっともいやなようには聞こえない。もっとして欲しいとねだっているみたいだ」

「ひ、あ……！」

前に回ったクロードがミナトの顎《あご》をすくいあげ、仰向かせた唇を吸う。

その刹那、激しさを増した甘い責めにミナトはくぐもった悲鳴をあげた。

「本当は酷くされるのが好きなのかな。蕩けた顔をして」

本能を剝き出しにしたギーは、飢えた獣のようだった。

荒々しく叩《たた》きつけられる腰の勢いに持ちこたえられず、ミナトは前のめりに潰れてしまう。シーツに顔を押しつけ、尻だけを高く突き出したまま、蹂躙《じゅうりん》される。

どうしよ、いい、よう……！

やがてギーもミナトの中で果て、燃えるように熱い精を吐き出した。

抜き出されると、二人分の子種が蕾から溢れてくる。

ギーが摑んでいた腰を放すと、ミナトはシーツの上に崩れ落ちた。しどけない姿のまま、動く事もできずに喘いでいる。それなのに股間《こかん》のモノは張りつめたままだ。

「やっぱり初めてだと、後ろだけでイく事はできない、か」

クロードの膝の上に抱きあげられ、しとどに濡れたペニスをしごかれ、ミナトは細い嬌声《きょうせい》をあげた。ギーも身を寄せ、柔らかく濡れたミナトの後ろに指を挿入する。

前と後ろから可愛がられ、ミナトはきゅっと爪先《つまさき》を丸めた。

「や……」

「気持ちいい？　ミナト。前と後ろ、どっちが気持ちいい？」

軀の中でくん、と指を折り曲げられ、ミナトは仰け反った。

クロードの掌も、ギーの指も、どっちもいい。

きゅうっと後ろが収縮し、前から白が飛び散る。

ようやく得られた射精の快感に、ミナトは恍惚《こうこつ》となり――糸が切れるように眠りに落ちた。

＋　＋　＋

翌朝、精霊狐《せいれいぎつね》に顔を舐《な》められミナトは目を覚ました。

「んー」

遊んでくれとせがむ獣を無理やり抱きこみ、目元を擦《こす》る。スリットのように開いた窓から差しこむ光線の角度を見ると、いつも起きる時間を過ぎているようだ。だが、眠くてなかなか目が開かない。

「おはよう、ギー……？」

寝台の上にはギーが座り、寝穢《いぎたな》いミナトを見下ろしている。大きな手で髪を掻《か》きあげられ、甘やかされる心地よさにミナトは目を細めた。

「躯《からだ》はつらくないか？」

色気のある低い声で静かに問われ、ミナトは考えこむ。

つらい？　ってなんの事だろう。

思い出した途端、かあっと顔が熱くなった。恥ずかしくてギーの顔が見られず、ミナトは上がけの中へとじりじりもぐってゆく。

「あ、うん。熱もないみたいです……」

——僕、昨夜二人に抱かれたんだ。

甘えた声を出して。二人が見ている前で射精して。

上がけの下で悶《もだ》えていると、ギーの声が沈んだ。

「ミナト、俺はここにいない方がいいか……？」

……ギー？

ミナトは急いで起きあがり、へたくそな笑みを作った。

「ううん！　あの、ちょっと恥ずかしかっただけだから！　その……ちゃんと気持ちよかった、です。だから、心配しないでください」

無骨な男は淡く笑んだ。

「……そうか」

いろんな感情が凝縮されたようなキスがミナトの額に落とされる。

朝食の用意がしてあるから、顔を洗って早くおいでと言ってギーは寝室を出ていった。一人になるとミナトは再び寝台の上に仰向《あおむ》けに軀を伸ばした。

——本当に、恥ずかしいだけだった。

「僕って淫乱《いんらん》なのかな。二人としちゃったのに……」

とんでもない事をしてしまったという思いよりも、空腹の方が大きい。早くなにか食べたい。

ミナトよりもギーの方がよほど傷ついた顔をしていた。

正義感の強い真面目な男である。端から見れば奔放すぎる行為をミナトにさせた事を気にしているのだろう。

「これから僕たち、どうなるんだろう……」

あんな淫《みだ》らな事を、これからもするんだろうか？

ミナトは横向きに軀を転がすと、両手で己の軀を抱いた。昨夜二人を受け入れた場所が熱く疼《うず》く。

やっぱり僕、淫乱なんだ。全然いやじゃない。ううん、むしろ——。

はふ、と溜息《ためいき》をつくと、ミナトは身を起こした。

寝台を下りて、朝食を食べにいく。その前に庭の噴水に寄る事も忘れない。

もう住民などいないのに、この噴水は変わらず地下水を汲《く》みあげ、躍りあがる魚の口から池のような水盤に澄んだ水を注いでいた。棲《す》みついた小魚の影が躍る様を眺めながら落ちてくる水を受け止め、ミナトは顔を洗う。

パンと昨夜の残りのシチューという朝食をすませると、三人は早速魔法の練習に取りかかった。昨夜の行為のせいだろう、三人の変化は目覚ましかった。

魔法を行使しようと集中し、ミナトは驚く。クロードとの壁が薄くなるだろうとは予想していたが、現実は遥か上をいっていた。薄くなるどころか存在を感じない。蛇口から水を注ぐがごとく、簡単に魔力が流れこんでゆく。

ギーの魔法も恐ろしいほどの進歩を遂げた。昨日までは局所的な旋風が精々だったのに、今日のギーの魔力は広大な広間の隅々まで満たした。嵐を起こせるだけの力に反応し、膚《はだ》がちりちりと粟立《あわだ》つ。

「ミナト、今日はギーに集中して魔法を教えたい」

強大な魔力には危険も伴う。まだ魔法に慣れぬギーがそれだけの力を所持する事になんとなく不安を覚えていたミナトは一も二もなく頷《うなず》いた。

「じゃあ僕、薪《まき》を集めておきますね」

外に出ると、どこからともなくまた狐の姿をした精霊が現れ、足下にじゃれついてくる。遺跡のまわりには野放図に緑が生い茂っていて、ミナトたちは日々の燃料をここから調達していた。深い谷の中であるためか危険な獣もいない。

何往復かして集めた薪をきちんと積みあげ、ミナトは拳で額を拭《ぬぐ》う。

「そういえば昨夜はあのまま眠っちゃったんだっけ……」

朝起きた時、体液の痕跡も汗の臭いもなかったけれど、急にこのままではいけないような気がしてミナトは噴水へと急いだ。服を脱いで、水盤の端に載せる。それから透明な水の中へと踏みこむ。

水盤の中の水は陽射しのせいであたたかかった。躍りあがる魚が吐き出す水が陽の光に煌《きら》めいている。

膝丈《ひざたけ》くらいしかない水に浸かり、無心に軀を洗っていると、大きな熊のような精霊がやってきて、ミナトに向かって鼻先を伸ばしてきた。

滲《にじ》み出る魔力に惹《ひ》かれてやってくる彼らがミナトを傷つける事はない。ミナトは恐れる事なく近寄ると、一抱えもある大きな頭を抱く。

「ふふ、もふもふ……」

豊かな毛並みを掻いてやると気持ちがいいのだろう、熊は噴水の縁に沿うように寝そべった。

その上に狐が駆けあがり、自分も撫《な》でてくれと主張する。

裸である事も忘れて、精霊たちとじゃれあっていると、柔らかな声が聞こえた。

「ミナト」

いつの間に練習が終わったのか、谷の中は静かになっていた。クロードが白いローブの裾《すそ》を揺らし近づいてくる。

「あ、クロード！　練習、終わったんですか？」

「ああ」

噴水の縁に到達しても、クロードは止まらなかった。杖《つえ》を地面に突き刺し、水の中に踏みこんでくる。

「あの、ブーツ、濡《ぬ》れちゃいます」

クロードの目つきが怖い。

ようやく己が全裸である事を思い出したミナトは後退《あとずさ》ったがもう遅かった。

「クロード！」

水の中に立ったまま熊に軀を押しつけられ、ミナトは仰《の》け反《ぞ》った。その上に覆い被《かぶ》さったクロードが、唇を塞《ふさ》ぐ。

わ……。

昨夜あんなにしたばかりなのに、ぞくぞくする。

クロードのキスは巧みだった。おまけにすぐに息があがってしまったミナトの軀を片手で探り始める。色事を知り尽くした指に敏感な場所を刺激され、ミナトはたまらず鼻にかかった声を漏らした。

「ん、ふ……っ」

どうしよう。勃っちゃいそう……。

爪先立ちになり必死に我慢していると、クロードがようやくキスを止めてくれる。麗しいプラチナブロンドの髪を掻きあげ妖艶《ようえん》に微笑《ほほえ》み、ミナトの耳元で囁《ささや》く。

「ミナト、いいかい……?」

いいって、なにが。

いやらしい手つきで尻を揉《も》まれ、ミナトは軀をよじってクロードの魔手から逃れようとした。

「だ、だめですっ。ここ、寝室じゃないですし、まだ昼間……!」

「こんなに可愛い尻を見せて誘っておいて、おあずけはないだろう? 誰が見るわけでもない。お陽様の下で愛し合うのも気持ちいいよ」

なんて事を言うのだろう。ミナトは真っ赤になった。

「や……!」

「クロード、やめろ。ミナトがいやがっている」

ばしゃん、という小さな水音と共に水面が揺れた。やはりブーツのまま水盤に入ったギーが二人に近づき、ミナトを引き寄せようとする。その股間《こかん》をいきなりクロードが掴《つか》んだ。

「！」

ギーが息を呑む。とんでもない悪行に固唾《かたず》を呑んで事の行方を見守るミナトの目前で、クロードは悪びれもせず微笑んだ。

「君だってミナトの裸身を見てここを膨らませているくせに、なにを偉そうに」

「貴様……！」

褐色の拳が握られる。ミナトは慌ててギーの腕に抱きついた。

「喧嘩《けんか》はだめ！」

ギーがクロードに突っかかったのは、ミナトがいやがったからだ。

でも、ミナトはこの二人に喧嘩して欲しくない。それにこの二人に抱かれるのは……いやじゃない。こくりと唾《つば》を呑みこみ、ミナトは思い切って言う。

「あの、あのですね、ギー。もし二人がしたいなら僕……」

ここでしてもいいです。そう言いたかったがさすがに言葉にできず、ミナトは上目遣いにギーを見あげた。

なんて恥知らずな奴だろうと思ったのか、ギーは眉間《みけん》に皺《しわ》を寄せ目を逸《そ》らしてしまう。それどころかクロードまで不満そうに密着していた軀を放した。

「酷《ひど》いな、ミナトは。私が誘ったらいやがったくせに」

「ご、ごめんなさい……」

どうしよう。二人を怒らせてしまった？

思わず涙目になり俯《うつむ》くと、クロードが顎《あご》をすくい顔を仰向かせた。

「いいよ。今すぐさせてくれるなら許す」

「クロード！」

熊でさえ反応してしまうほどの迫力で、ギーが恫喝《どうかつ》する。だがクロードは怯《ひる》まない。

「私は手に入れたばかりの砂糖菓子を舐めて味わいたくて仕方がないんだよ。君だってそうだろう、ギー」

無表情にギーがミナトを見下ろす。怖かったが勇気を奮い起こして、ミナトはギーの服の裾を握った。

「き……気持ちよくしてくれる？」

ぶつんと、なにかが切れる音が聞こえたような気がした。

いきなり熊の上に押し倒され、ミナトは思わず身を竦《すく》めた。有無をいわさず唇が塞がれる。

乱暴だけど、自分を欲しがってくれているのだとはっきりわかるキスだ。

嬉《うれ》しい……。

ミナトはギーの首に両腕を絡め、求められる悦《よろこ》びに酔う。

おそらく無意識なのだろう、ギーが腰を押しつけてくる。クロードが言った通り、ソコは熱く猛《たけ》っていた。

「ん……っ」

クロードのせいで高ぶっていた軀が、完全に発情してしまう。

ギーは普段より色づいた唇を解放すると、首から鎖骨、胸元へと唇を滑らせた。胸の粒に達すると、軽く歯を立てて甘噛《あまが》みする。

「あ、ん……っ」

甘酸っぱい快感が広がった。

クロードも身を屈《かが》め、もう一方の胸に吸いつく。

「や、やだ……っ」

競うように左右の乳首を愛撫《あいぶ》され、ミナトは眉根《まゆね》を寄せた。両手を二人の頭に載せ、落ち着きなく軀をよじる。

「ふふ、可愛いな。もうこんなに硬くなって」

散々噛んだり吸ったりしたあと、舌で粒を潰《つぶ》すように舐めあげられたら、なんだかふわっとして気が遠くなるような感じがした。

――まだ胸をいじられてるだけなのに。

クロードがミナトの後ろに指を埋めると、ギーも競うように指をねじこむ。二人の指に好き勝手に中をいじられ、ミナトはひっきりなしに甘い鼻声を漏らした。

「や……っ、やん……っ。あ、だめです。そんな事しちゃ……あ……っ！」

「まだ柔らかいな。ねえ、ミナト。今度こそ教えてくれ。私とギー、どっちの指の方が気持ちいい？」

「そんなの……わかんな……っ」

段々、誰になにをされているのかわからなくなってくる。二人がかりで可愛《かわい》がられ、心も軀もすっかり蕩《とろ》けてしまった頃、ミナトは軀を反転させられた。

熊の軀に胸を預けぼーっとしていると、尻に熱い楔《くさび》が押しあてられる。

「あ……あ……っ！」

ミナトは思わず柔らかな毛を握り締めた。

背後に立ったギーの隆々とそそり立ったモノが、ミナトの中に根本まで埋めこまれる。

「あつい……」

ミナトの中で灼熱《しゃくねつ》の塊がどくどくと脈打っていた。

怖いくらい大きいが、これが信じられないほどの悦楽を与えてくれるのだとミナトはもう知っている。

「動くぞ」

一旦《いったん》入り口近くまで退いたモノがまた奥までずんと突き入れられる。

頭の奥で火花が散ったような気がした。

体格と同じくごつごつしたギーの立派なモノが前後に動くたび、ミナトの気持ちのいい場所をごりりと擦りあげてゆく。

「あン……っ、だめ、や、いい……っ！　ギー、僕、僕……っ」

自分でもなにを言っているのかわからなくなってしまうほど、ミナトは乱れた。

好きだな、とミナトは思う。この人が大好き。

この人には死んで欲しくない。ちゃんと幸せになって欲しい。

揺さぶられるたび、ふかふかの毛皮にしこった乳首やペニスが擦りつけられて気持ちいい。

重いだろうに熊はおとなしく二人の寝台になっている。普段より多く放射される魔力を味わっているのだろう。

「あ、ああ。あ。あ……っ」

やがて最奥に打ちこまれた熱い液体に、ミナトは身を震わせた。ギーが退《の》くと待ちかねたようにローブを脱ぎ捨てたクロードがミナトの腰を摑む。

一気に奥まで貫かれ、ミナトは声もなくわなないた。

頭のてっぺんまで甘く痺《しび》れてしまい、息もつけない。

「ギーのでぬるぬるだ。これなら痛くないね？」

ぐりぐりと切っ先で奥を嬲《なぶ》られ、ミナトは爪先《つまさき》に力をこめる。

そこ、いい。

気を抜いたら座りこんでしまいそうだ。

ふ、と嗤《わら》うと、クロードが腰を打ちつけてきた。昨日より大分動きが荒っぽい。イイ場所をガツガツ責められて、ミナトは腰砕けになってしまう。

さっきギーにばかり気をつかったせいだろうか。

クロード、嫉妬《しっと》している……？

手加減してくれない事に怒ってもいいはずなのに、そういう気持ちにはなれなかった。執着を示してくれる事がただ嬉しい。

「も、だめ。蕩けちゃう……」

容赦なく与えられてゆく快楽が、軀の内側いっぱいになってゆく。爪先まで満たされ、頭がかすむ。無意識に甘い鼻声を漏らしながら、ミナトは小さな尻を淫らに揺らした。

恥ずかしい。

けど、気持ちよくて。

我慢できない。

もっともっと欲しい。

クロードの精が、ミナトの最奥に打ちこまれる。

「あっつ……」

クロードはしばらく荒い息をついていたが、やがてずるりと己を抜き出した。

「はあ……ん」

勝手に物足りなさそうな声が出てしまい、ミナトは毛皮に顔を埋める。腰を摑んでいた支えがなくなったため、そのままずるずると水の中に座りこんでしまう。

クロードとしている間に脱いだのだろう、ギーが全裸になっていた。褐色の膚が水を弾《はじ》き輝いている。

その股間のモノがまた張りつめ上を向いているのに気づき、ミナトは目を丸くした。

「え……？　ええ……？？　どうして？　だって、さっき……」

「クロードとミナトがしているのを見ていたら、な」

恥ずかしがる様子もなく歩み寄ってくるギーに、ミナトは慌てた。

軀が小さいって、不利だ。

クロードがいなくなった場所に陣取ったギーに、左右の膝裏に腕を差しこまれ抱えあげられた。膝を割り開いたあられもない格好で仰向けに熊の上に載せられ、下から串刺《くしざ》しにされる。

自重で一番深い所まで迎え入れてしまい、ミナトはつんと勃った胸を喘《あえ》がせた。

「あ、も、無理……っ」

「大丈夫だ。ミナトはまだ一度も達《い》ってない」

昨夜と同じく、快楽に翻弄されるばかりでまだ射精に至っていないミナトのモノが、揺さぶられるたびふるふる揺れる。

「後ろだけで達するのはとても気持ちがいいものらしいぞ。できるまで私もつき合おう」

水盤の縁に座り休んでいたクロードにまでそんな事を言われ、ミナトは泣きそうになった。

二人とも、酷い。

大きなもので散々に喘がされる。

結局ギーのあとにさらにクロードにも抱かれた。一度目の荒々しさから一転、じっくりたっぷりねっとりと可愛がられ、ミナトはぐすぐすと泣き始めた。

気持ちよすぎて、わけがわからなくなる。

「あん……っ」

執拗《しつよう》に最奥をえぐられたミナトは、クロードの背中に爪を立て仰け反った。とうとう前をいじってもらう事なく吐精してしまう。

「どうだい、ミナト?」

耳元に吹きこまれる声にさえミナトは震えた。長く余韻が続く。クロードが言っていた通り、恐ろしく深いその喜悦に指先まで痺れてしまい、動く事すらできない。

「ふふ、いっぱい出たね、ミナト」

クロードが白濁を拭い、口に運ぶ。ちょんとペニスの先に膨らんだ雫を拭われた衝撃がとどめとなった。

あ――――。

腰が震える。再び頭の中が白く光り、ミナトは気をやってしまった。

＋　＋　＋

それから、昼は魔法の鍛錬、夜は三人で淫らな行為に耽《ふけ》るという日々が続いた。効果は予想以上だった。ギーとクロードの魔力は空恐ろしくなるほど増えた上、果てが見えなかった。毎朝魔力量を確かめるたび、前日を上回る驚きが待っている。

いつでも魔王戦に打って出られそうだったが、居所がわからない事にはどうしようもない。三人はひたすらに強化を続けた。

「ギー、君に客だ」

或《あ》る日、珍しく巨大な広間を横切って三人の元へやってきたレイモンは、白い長衣をまとった男を連れていた。眼鏡《めがね》をかけており見るからに神経質そうなその男の膚は浅黒く、瞳は琥珀《こはく》色だ。クロードの芸術品のような杖とは違う、白っぽい金属でできた鋭角的なデザインの杖を手に持っている。

がつ、と荒々しい音を立てて床を突くと、男はいやな目つきで一同を見渡した。

「一体どこまで歩かせる気かと思ったぞ。この私を呼ぶなら馬車くらい用意しろ。気が利かぬ」

ミナトは偉そうな態度にびっくりした。クロードも不快そうだ。

「その衣装は──大聖か」

「大聖？　誰？」

それまで無言で男を警戒していたギーの表情が変わった。

「そうか。パレ・カディオ。高位の神官になった俺の弟の一人だな」

男は苛立《いらだ》たしげに再び杖を鳴らした。床石の欠片《かけら》が跳び、ミナトは思わず身を竦めてしまう。

「弟、だと？　ふざけるな。貴様のような下賤《げせん》の輩《やから》の弟でなどあるものか」

憎々しげに吐き出された言葉に、ミナトは憤然とした。

なんて事を言うんだろう！

反感が顔に表れてしまったらしい、男の茨《いばら》のような視線がミナトに向けられる。

「なんだその目は」

だが、男が棘《とげ》だらけの言葉を吐く前に、ギーが片手をあげ遮った。

「場所を変えよう。こっちだ」

こつこつと足音を立て、二人は広間から外へと出てゆく。二人の姿が見えなくなると、ミナトは素早く履き物を脱ぎ、両手に一つずつぶらさげた。足音で気づかれないよう、裸足で二人のあとを追って走り出す。

ミナト、と、小さな声で引き留められたが気にしない。

広間のまわりに並ぶ円柱の一つに身を隠しあたりを見回すと、ギーとパレが噴水の傍に立っているのが見えた。

「覗《のぞ》く気か？　趣味が悪いぞ」

偉そうな事を言いつつ、クロードもミナトと並んで茂みの陰に陣取る。驚いた事にレイモンまで息を潜め二人の様子を窺《うかが》い始めた。

「古《いにしえ》の遺跡の番人から連絡がきた時には驚いたわ。貴様のような者がなぜここを知っている。――いや、それよりなぜ生きていたなら報告に来ぬのだ」

「やらねばならない仕事があったからだ」

いきなりパレが持っていた杖でギーを小突いた。

「貴様は我らの命じる通りに動けばよいのだ！」

ミナトの薄っぺらな胸が怒りに燃える。

ギーになんて事するんだろう。

弟という事はパレもカディオ王国の王子なのだろう。ずっとギーを捨て置いていたくせに、困った事になったらこれが第二王子だと贄《にえ》に差し出した王族の一人。

ギーは痛がる素振りもなかったが、平静ではいられなかったのだろう、一度大きく深呼吸した。淡々と切り出す。

「大聖なら神と交信ができると聞いている。知りたい事がある。オランジュ神に伺いを立てて欲しい」

パレはいきなり激昂《げっこう》した。口から唾を飛ばしてギーを罵倒《ばとう》する。

「貴様のような奴が神から言葉を賜りたいだと⁉　心得違いも甚だしいわ！　大体それが人にものを頼む態度か！」

ギーはしなやかな動きで膝を折った。パレの足下にひざまずき、頭を垂れる。

「これでいいだろう？　頼む。神に聞いてくれ。異界からの来訪者を元の世界に戻してやるにはどうしたらいいのかを」

パレが上擦った声で笑う。気持ちのいい午後の庭を、胸の奥がざらつくようないやな空気が浸食してゆく。

「異界だと？　なぜそんな事を聞く？　いや、そもそもなぜ私が貴様のために神に祈ってやらねばならぬのだ」

「俺はおまえたちの望みを叶《かな》え、一年半も魔王の生け簀《いす》にいた。なんの見返りもなくな。一つくらい願いを聞いてもらってもいいと思うが？」

杖が振りあげられた。

「貴様のような下賤の者が我らのために命を捧げるのは当然であろう⁉　むしろ王族を名乗る

栄誉を与えられた事に、感謝してもいいくらいだ！」

がつ、とギーが打たれる。

聞こえてきた音は尋常ではなかった。ギーと同じ血を――能力を持つパレである、きっと普通の人間の数倍の力でギーを殴りつけたのだろう。

制止しようとする声が聞こえたが、ミナトはこみあげてきた衝動に駆られるまま茂みの陰から飛び出していた。

細い腕で飛びつくようにしてギーの頭を抱き、ミナトはパレを睨《にら》みつける。

「やめてよ！　あなたたちのせいでギーがどれだけ大変な思いをしてきたと思ってるんですか!?　あなたたちの方が、ギーよりよっぽど下賤です！」

ギーは、己の身を粉にして皆を助けてくれた。

そのギーを殴るなんて、許せない。

「この……！」

「ミナト！」

パレが顔を真っ赤にして杖を握る手に力をこめる。ミナトもまたしっかりとギーの頭を抱えた。たとえ骨が砕けても、これ以上ギーに痛い思いをして欲しくなかった。

だけど。

いきなり下から伸びてきた手に引き倒され、気がつけばミナトはギーの下にいた。

パレの杖が強《したた》かにギーの背中を打ちつける。

「ギー！」

ミナトは真っ青になった。

どうしよう。

ギーを守ろうと思ったのに、ギーをさらに傷つけてしまった。

だが今度はギーは無抵抗に打たれたままではいなかった。獣の俊敏さで跳ね起き、なおも杖を振りあげようとしていたパレを払いのける。

パレは五メートルも吹っ飛び、円柱に背中を打ちつけて止まった。

「貴様……」

後頭部を擦りながらパレが顔をあげると、目の前にはすでにギーがいた。

金属製の杖が引ったくられ、飴《あめ》細工のように折り曲げられる。

「な……っ、貴様、それは神聖な……！」

杖を取り返そうとしたパレの肩をギーは押し戻し、円柱に押しつけた。

褐色の手の下で、パレの肩がみしりといやな音を立てる。

「ミナトを傷つけようとしたな？」

静かな怒りが滲む声に、膚がそそけだつ。

「貴様、自分がなにをしようとしているのかわかっているのか!?」

怒鳴り散らすパレの声に、クロードの艶《つや》やかな声が重なった。

「君こそ自分がなにをしようとしたのか、わかっているのか？　大聖のくせに君は、神子様を傷つけようとしたんだぞ」

いつの間にか茂みから出てきたクロードが膝を突き、地面に転がったままでいたミナトに恭しく手を差し出していた。

「神子、だと？　嘘《うそ》をつけ……！」

パレはギーの手を退かそうと悪戦苦闘するが、引き締まった腕は揺るぎもしない。渾身《こんしん》の力で——つまり簡単に人を殺せるほどの力を振るってもなお抜け出せないギーの力に、徐々にパレの余裕が消えてゆく。

「おまえの無礼は神殿に報告しなければなるまい。きっと大聖を解任される事になる。大した不名誉だ」

「貴様のようなつまらぬ奴の言う事を、誰が信じると——」

ミナトに手を貸し立ちあがったクロードが、それだけで高貴な身だとわかる完璧《かんぺき》な笑みでパレを威圧した。

「私はニヴェールのクロードだ。私が証言しよう。神子様を害そうとするとは許し難い」

稀代の魔法使いでもある王子の名は、人族の間にあまねく知れ渡っているらしい。愕然《がくぜん》としているパレからギーがようやく手を離す。

「早く神殿に戻って、託宣を賜れ。それがおまえの最後の栄誉になる」

「神殿まで私がお送りしましょう。あなたは神子様を傷つけ、魔王討伐を妨げようとした。これは神官にあるまじき行為です。あなたがどんな身分であっても、私が相応の措置が執られるよう手を尽くします」

レイモンは学者であると同時に神殿に仕える者でもある。その彼がそう言うのなら、その通りにできるのだろう。

「魔王討伐だと!? 貴様、そんな事ができる気でいるのか!?」

狼狽《ろうばい》する弟に、ギーはそっけなかった。

「安心しろ。カディオの名を名乗るつもりはない。俺は——そうだな、クロードの従者にすぎない。俺が魔王に勝とうが負けようが、おまえたちには関係ない」

つい今し方までとるに足らない存在だと思っていた男が誰よりも尊い存在の傍にいて、偉業に挑戦しようとしている。その事実がパレには信じられないようだった。

「いやな思いをさせて悪かったな」

ようやく瞳の色を和らげたギーの胸に、ミナトは抱きつく。

「ううん。僕こそごめんなさい。痛かったですよね？　殴られて」

殴られた痛みだけではない。血の繋がった弟にあんな仕打ちを受けたギーが、ミナトは可哀想でならなかった。

だがギーはまるで大した事ではないかのように薄い笑みまで浮かべミナトの髪を撫でた。

「俺は頑丈なんだ。これくらい痛くも痒《かゆ》くもない」

ぶっきらぼうな言い方に、心配させまいという気遣いが感じられる。ギーの優しさが今は切なくて、ミナトは涙ぐんだ。

パレがレイモンに連れられて、来た道を帰ってゆく。

クロードは噴水の縁に座ると、指先を水面に遊ばせた。

「事が成ったらカディオは口惜しい思いをする事だろうな。身内が魔王討伐を果たしたという この上もない栄誉を誇る事ができないのだから」

朗らかに明るい未来を語るクロードに、ギーは渋い顔をする。

クロードに対する時のギーは、パレに対していた時よりも表情が豊かだった。仲が悪いなりに気心が知れているからだろう。

「まだ成功すると決まったわけじゃない。慢心は身を滅ぼすぞ」

「私たちが負けるわけがないだろう? ミナトがいるのだからな」

食べられるものだと思ったのだろうか、魚たちがクロードの指先をつつき始める。

「早く託宣が下ればいいいな」

愛しげに髪を撫でられミナトははっとした。

ギーはミナトのためにパレを呼び寄せたのだ。

「あの、ごめんなさい。僕のために弟さんとこんな事になってしまって」

ギーはひょいとミナトの軀を抱えあげると、クロードの隣に腰を下ろした。

「向こうは俺を兄とは思っていない。俺もこんな事でもなければ顔を合わせる事もなかったろう。兄弟たちのほとんどとは会った事もないんだ」

小さく溜息をつくと、ギーはミナトの服についていた小さな花を摘みとった。

「カディオの王族は皆あんな感じだ。だから俺はおまえの家族の話を聞いた時、羨《うらや》ましいと、――必ず帰してやりたいと思った」

「え」

「優しい母はいるが、父や可愛い妹など俺には望むべくもなかったからな」

ギーが背中を丸め、ミナトの側頭部にこつと額をつける。クロードが水面から指を引きあげ、軽く振った。

「私はミナトに帰って欲しくないよ。愛しているからね」

ギーの言葉もクロードの言葉も嬉しくて、ミナトの心はゆらゆら揺れる。

「僕も、愛してます。クロードもギーも」

小さな声で告白すると、二人が破顔した。左右からキスが贈られる。

この一瞬が永遠に続けばいいのに。

叶う事のない願いをミナトは胸に抱き締める。

＋　＋　＋

翌日、古の遺跡に帰ってきたレイモンは、懐かしい顔を連れていた。

「ジスラン……!?　久しぶり」

「皆、元気そうだな。なによりだ」

以前とは違い全身を華麗な鎧《よろい》で覆い、両腰に一振りずつ剣を下げている。どうやらジスランは双剣使いだったらしい。

ブーツを鳴らし早足にジスランに近づいたクロードは、再会を喜びハグを交わすと、真剣な顔で旧友を見つめた。

「ジスラン、もしかして……？」

「ああ。魔王の居城を見つけた」

陽気だった雰囲気が瞬時に引き締まる。

「山脈の向こうで普通ならそうそう近づけない場所だが、我らシュヴラン王族の異能、転移魔法なら君たちを安全に連れてゆける」

いよいよ魔王と対決するのだ。

なんだか気持ちが落ち着かず、ミナトは服の裾を握り締めた。

「ああ、それからギー。頼まれていた仕事は完遂した」

「なんですか、頼んでいた事って」

ミナトの問いに、ジスランは快活に答えた。

「ギーの母上の身柄を保護して欲しいと頼まれていたんだ。だから、こっそり転移して攫《さら》ってきた。今はシュヴランの王宮にいる。もし魔王討伐が失敗したとしても、最後まで面倒を見るよう手配してある。せめてもの礼だ」

「感謝する」

ギーの肩から幾分力が抜ける。

ついでレイモンが口を開いた。

「オランジュ神からの託宣もくだった。異界からの客人は、魔王の魔石があれば元の肉体に戻れるのだそうだ」

ミナトは驚愕した。

「僕、ちゃんと帰れるんだ……」

あの神の事だ。ミナトは質問は無視されるか、帰れないという冷酷な返答がつきつけられるだけなのだろうとなんとなく思っていた。

「魔石とは、なんだ?」

ギーが説明を求める。

「古い伝承では、魔王の体内には魔力の結晶、つまり魔石があるとされている。それは魔王を殺したあとも散らないいんだそうだ。現物は伝わってないから真偽のほどはよくわからないが」

「とにかく——魔王を殺せばいいんだな」

ギーのまとう空気がナイフのように研ぎ澄まされる。

「それから魔王を討伐すると聞いた神殿がこれを」

レイモンが布に包んで運んできた品を床に広げた。

小型の丸い盾——バックラーと杖だ。

「バックラーは大昔、神子が神から下賜されたもので、俺には理解できないが魔力でできているらしい。使い手の魔力をこめる事で形が変わると聞いたが、本当かどうかはわからない。必要なだけの魔力を持つ使い手が当の神子以外いなかったからな。まあ、普通にいい品だというから、ギーが使うといい」

ギーがバックラーを左手に装備し、かまえる。

その途端、上部と下部が滑るようにずれ、大きくなった。数枚の板が重ねられたような構造かと思われたが、継ぎ目らしきものは見あたらない。外すと元のサイズに戻る。

「うん……?　どうなっているんだ……?」

ジスランが同じようにかまえてみるが、何事も起こらない。

もう一つの杖は、クロードが持っているのとほぼ同じ形状だったが、表面が螺鈿《らでん》のように複雑な色を帯びていた。

クロードは手に取って眺めているが、ありがたがる様子はない。

「杖なんてもうなにを使おうが変わらない気がするが、予備があるのは心強い。くれるというならもらっておこう」

「神殿がわざわざ下賜してくれたんだ。相当の能力を秘めていると思うぞ」

釈然としない顔をしているジスランにクロードは苦笑した。

「普通ならそうだろうが、私はもう道具に左右されるレベルではなくなってしまったのでね」

「……どういう意味だ……？」

クロードが杖を振ってみせると、不思議なざわめきが遺跡を包みこんだ。影が揺らめいているのに気づき外を見ると、遺跡のまわりの植物が身をよじるように蠢《うごめ》いている。

蔓《つる》や枝が伸び、緑が濃くなる。花が咲いては萎《しお》れていった。甘い匂《にお》いが漂い始めたのは、どこかで果物が熟れているからだろう。

「クロード？」

ぎょっとしたジスランが声をあげると、クロードが杖をくるりと一回転させて床を突いた。

硬質な音と共に遺跡に静寂が戻ってくる。

かつて泉のほとりで育てた芋《いも》とは比べものにならないほど多くの植物がこの谷にはある。すべての時を進めてなお、クロードの魔力は枯渇する様子もない。

これがどういう事を意味するのか察し、ジスランは拳を強く握った。

「出立は明日だ。いいな？」

クロードが短く告げて歩き出す。

もはや準備は整っている。否やを唱える者はない。

＋　＋　＋

なにもない荒野の向こうに、少し傾いた石造りの建造物がそびえたっていた。魔王の居城だ。城と呼ばれてはいるが巨大な建造物は魔族が作ったわけではないらしい。古い遺跡に住み着いている、というのが正しいようだ。

日の出と同時に起き出したミナトたちは、ジスランと共にここに転移してきた。

昨夜は三人でただ身を寄せ合って眠った。穏やかに流れる時をミナトは存分に堪能し、覚悟を決めた。

クロードやギーたちと出会ってからの日々は夢のようだった。

でも、これでお終《しま》い。

魔王にノエルを食らった報いを受けさせて、ミナトは元の灰色の日常へと戻る。

ギーが魔法で調べたところによると、居城というだけあって魔王以外にも数多くの魔物や魔族が中にいるらしい。周囲をなにかが飛び交っているのも見える。

人族の領域から遠く離れてしまったというのに、クロードとギーは落ち着き払っていた。

「ずいぶん大きいな」

「どうする？」

「――まずあの建物を潰そう。中にいる魔物と一緒に。それだけで大分数を減らせるだろう」

さらりと言ってのけたクロードに、ジスランが恐る恐る口を挟んだ。

「待て、城を潰す、だと？　戦う前からそんなに魔力を消費するべきでは――」

最後まで言うのを待たず、クロードが手を差し出す。

「ミナト」

「はい」

ミナトはクロードの横に立つと、その手を握った。クロードが杖を居城に向かって掲げる。

まず、異音が聞こえ始めた。

地鳴りにも似た音が、長く尾を引く。

少し遅れて土煙が広がり始め、やがて石材が崩れてゆくのが見えた。

壮観な風景に、ミナトは見入る。横でジスランが呆《あき》れたように呟《つぶや》いた。

「嘘だろう？　一体どれだけ魔力があればこんな事ができるんだ……」

ギーが腰を落とし、剣を抜く。

「──来る」

慌ててジスランも剣をかまえた。

結構な距離があるのに、ミナトたちの位置を察知したらしい、最初から荒野に散っていた魔物や崩れた遺跡から這《は》いだしてきた魔族が、わらわらとこちらに向かってくる。

ギーが前に出た。

「俺がやる。おまえは魔王に集中しろ」

「ああ」

「あの数をどうする気だ？」

まるで蟻《あり》の大群が迫ってくるような光景にジスランは恐怖を感じているようだが、戦いに集中しているクロードもギーも相手にしない。

ギーが鋭く息を吐き出す。

同時に生じた無数の風の刃が、一気に半分ほどの敵を屠《ほふ》った。

「なに!?」

ジスランの驚愕を無視し、クロードが煽《あお》る。

「なんだ、半分も残っているぞ」

「黙れ」

第二弾が荒野を越えてゆく。威力も速さも先刻以上で、さらに敵の半分が削られる。

「ギー、ミナトにあれを近づけるな」

ミナトは地響きをたて迫りくる異形に目を瞠《みは》った。荒野を走る魔族たちは、実に様々な姿をしていた。

蜥蜴《とかげ》に近いもの。イノシシに似ているもの。

そのどれもが闇のように黒い体色のどこかに精霊を思わせる鮮やかな色彩を配している。彼らはやはり、同じ系統に属する生き物なのだ。

無意識にクロードの手を握る力が強くなっていたらしい。クロードが握り返してくれる。

「ギー、ミナトが怖がっている。早くしろ」

ちらりと背後へと視線を流したギーが、小さく眉を顰《ひそ》めた。次はどうするつもりだろうと思った刹那《せつな》、魔物たちに向かって走り始める。

「おお！」

ギーのまわりだけ、流れている時間の速さが違うようだった。あっという間に接敵し、剣を振るい始める。

ギーの魔力が刀身にまとわりつき、青い炎のように揺らめいていた。

まるで空気を薙《な》いでいるかのような軽い動きなのに、飛ばされた首や軀の一部が次々に宙に舞う。

「いた。魔王だ」

その向こう、崩壊した遺跡の中で動くものがあった。黒い不定形の影のようなものが遺跡の残骸《ざんがい》の下から姿を現そうとしている。

押しのけられた石材が崩れ、荒野に重々しい轟音《ごうおん》が響きわたった。廃墟《はいきょ》の上にそびえたった魔王は、以前よりさらに大きくなっているようだ。

クロードが杖を翳《かざ》す。

恐ろしい量の魔力で生成された光の玉が打ち出される。

反動で生じた強い風に、服が激しくはためいた。

「あたった……」

殴られたように仰け反った魔王が体勢を戻そうとするが、それより早く打ちこまれた次弾に持ちこたえられず、ひっくり返る。だが、そう大きなダメージを与えられてはいないようだ。

クロードが次々と光の玉を打ちこむ。湯水のように魔力が消費されるが、元々の容量が異常に多い上、ミナトが使う端から補填《ほてん》してゆくので問題はない。ミナトは、クロードの魔力残量が常に八割あるように気をつけていた。それだけあればどんな大魔法でも使えるし、ミナトと手を離さねばならなくなっても、しばらくは戦えるからだ。

「はは、無茶苦茶だ……」

結果はもう見えているように思われた。連打される魔法に圧倒され、魔王には反撃をする暇すらない。

ジスランなどは弛緩《しかん》した空気すら漂わせていたが、そうすんなりとはいかなかった。

ミナトが顔を顰める。

魔王から発せられる熱量が増えたのだ。

「クロード、なにか――」

「ギー！」

ミナトが警告するより早く、クロードがギーを呼ぶ。即座にギーが跳躍した。

何十メートルもの距離を一瞬で戻り、左腕を突き出す。

小さなバックラーが広がり、軀全身が隠れるほどの大盾となる。勢いをつけて地面に大盾を突き刺すとギーは裏面から体重を傾けて支えた。

視界が黒い炎で覆われる。

魔王が吐いた炎は一つの都市を丸々焼き尽くせる威力があったが、ギーの大盾を越えミナトたちに届く事はなかった。

青い光が大盾から広がり、完全にミナトたちを守っている。結界と同種の魔法が働いているようだ。

ふっといやな胸騒ぎを覚え、ミナトは視線を巡らせた。

近くに魔物の姿はない。それなのに、首筋の毛がちりちりとそそけ立つ。危険だ、という気がする。

「ク、クロード……？」

声をかけた刹那、突然足元の土が弾けた。地面の中から、黒い触肢が飛び出してくる。

誰も反応できなかった。

一直線に伸びてきた触肢が、ミナトの胸から背中へと突き抜ける。

「ミナト！」

ジスランの声にギーがちらりと背後を振り返り、奥歯を噛み締めた。

「くそ……っ」

クロードが新しい魔法を発動する。

広大な荒野が瞬時に真っ赤に灼《や》け、沸騰した。なにもかもが地面に呑みこまれ、ぐつぐつと音を立てて融解してゆく。悲鳴や咆哮《ほうこう》が幾重にも重なり、地獄のような様相だ。

ミナトたちのいる場所は魔法の範囲から外れていたが本体との繫がりが断たれたのだろう、のたくりながら逃げようとしていた触肢も萎れ、散り始めた。

ふっと黒い炎が消える。

ようやく戻ってきた視界は、煮えたぎる荒野から放射される熱にゆらゆらと揺れていた。

とんでもない荒技を使ったせいで、クロードの魔力残量は一割ほどにまで落ちこんでいる。

教会から下賜された杖にもヒビが入っていた。

「ミナト……」

クロードは杖を投げ捨て、ミナトに歩み寄った。細い軀を抱きあげ、残り少ない魔力をミナトの治癒に注ぎこみ始める。

一方、大盾を再びバックラーに戻したギーは、魔王に向かって飛んでいた。

ブーツが地面を踏むたびにバックラーから青い光が閃《ひらめ》き、ギーを熱から守る。

数度の跳躍で距離を一息につめると、ギーは走ってきた勢いのままに、剣ごと魔王へとぶつかっていった。

瞬時に体表から触肢が出現して軀のあちこちを貫くが、ギーは動じない。黒刃の剣を柄まで突き立て、膨大な魔力を魔王の中に注ぎこむ。

「爆《は》ぜろ」

体内で魔法が炸裂《さくれつ》し、魔王が咆哮した。

だがギーは魔力を送りこむのを止めない。

「魔石をよこせ、穢《けが》れし、魔の王――――！」

内側から風の刃に切り裂かれ、クロードの魔法に耐えていた魔王の軀も、他の魔物たちと同

じように溶け始めた。巨大な軀がずぶずぶと煮える地面の中に沈んでゆく。

ブーツが地面についた瞬間、じゅうと音がして、ギーは歯を食いしばった。クロードの魔法が、ギーをも呑みこもうとしているのだ。

魔王の軀から剣を抜くと再びバックラーが青い光を発したが、全力で魔法を行使し続けていたせいだろう、魔力が底をつこうとしていた。発動している限り膨大な魔力を食らい続けるバックラーが、切れかけた蛍光灯のように青い光を明滅させる。

触肢で貫かれた傷から溢《あふ》れた血が、ぼたぼたと煮えたぎる地面に滴った。

多くの血を失ったせいで目が霞む。足が重い。人間離れした跳躍も、すでにできなくなっている。

「は……っ」

ぐらりと視界が傾き、ギーが膝を突こうとした時だった。

誰かが褐色の腕を摑んだ。

「つっ、ギー、摑まれ！」

「ジス、ラ……!?」

赤く燃える荒野の中に、ぽつんと二つだけあった影が消えた。

三、

真っ白な天井を背景に、お母さんの顔が見えた。
お母さんは泣いていた。
一体なんの拍子で開いたのか、数年ぶりに開いたミナトの眼球の表面も潤んでいる。
――息が、苦しい。
ごめんね、と言うお母さんの声が聞こえた。
ごめんね。湊人《みなと》、ごめんね。
ああそうか、とミナトは気がついた。
苦しいのはお母さんに首を絞められているせいだ。
僕はお母さんに殺されようとしている。
そっか。
穏やかな諦念《ていねん》が胸に広がった。
そっか、ようやくこの死んだような毎日にピリオドが打てるんだ。

ミナトは微笑もうとした。

お母さんを責める気持ちはまったく浮かんでこなかった。

ミナトは自分の存在が家族にとって大きな負担となっていたのを知っていた。

死体のような息子の姿を見ているだけでもつらかったろうに、お母さんはそんな様子などおくびにも出さず、毎日会いに来てくれた。笑って、楽しい話をたくさんしてくれた。

——芽依《めい》の学校で運動会があったのよ。駆けっこで一番だった。

——昨日はね、栗《くり》ご飯を作ったの。お父さんが会社で貰《もら》ってきたのよ。皮を剝《む》くのが大変だったわ。

——早く湊人と紅葉《もみじ》狩りに行きたいわ。窓の外の紅葉がもうすっかり赤いのよ。

その陰で、かまって貰えなくなった妹がひどく傷ついているのをミナトは知っている。お父さんが治療費の工面に困って、毎日溜息ばかりついている事も。

だから、ねえ、泣かないで。

罪悪感なんて覚えなくていい。今まで僕は充分幸せだった。

——大好きだよ、お母さん。

ぽたり、と。床材の上で水滴が跳ねた。

本を拾おうと少し屈んだ格好のまま、ミナトは泣いていた。手の先にはずっと閲覧不可だった本がページを開いている。

そうだ――そうだった。僕はもう、死んでいたんだ。だからオランジュ神は簡単にミナトを攫い、作り替える事ができた。

ごめんね。

ミナトはその場に座り込む。

ごめんね、いっぱい愛して貰ったのに、追いつめて、こんな事までさせてしまって。

ずるずると崩れ落ちたミナトはひんやりとした床に額をつけ、祈る。

どうか誰もお母さんがした事に気がつきませんように。

もし神様がいるのなら、この願いだけ聞いて欲しい。お母さんが自分のために罪に問われるなんて、耐えられない。

お母さんがミナトを殺した事を忘れてくれるなら、もっといい。

ねえ――神様？

望みを叶えてとミナトは願った。僕は魔王と戦った。それくらいしてくれてもいいでしょう？

＋　＋　＋

目が覚めると、ミナトは大きな寝台の中央に横たわっていた。左右には、クロードとギーもいる。クロードは白い夜着を、ギーは黒い夜着をまとっている。

ちょうど夜明けを迎えたばかりらしい。バルコニーの向こうに真っ赤な空が見えた。

ミナトは静かに身を起こす。

息を潜め、無心に眠る二人を眺めていたら、なぜか涙が出てきた。

今ここで、僕は生きている。好きなように動けて、この二人にキスする事だってできる。

そう思ったら急に二人にキスしたくなった。

折角気持ちよさそうに眠っているのに起こしたくないけれど、どうしても我慢できなくてミナトはそっとクロードへと身を屈める。気のせいだろうか、記憶よりも膚も髪も艶々していて、ただでさえ綺麗な人だったのに、それこそ輝くようだ。

こめかみに唇を触れさせると、ふわりといい匂いが鼻をくすぐる。

次いでミナトは、ギーの黒髪をそっと掻きあげた。クロードとはまるで違う、野性的なのにどこか気品を感じさせる顔に思う存分見蕩《みと》れてから、頰《ほお》に接吻《せっぷん》する。

目を覚まさないようふんわりと、ほんの少し触れるだけ。

絶対に大丈夫だと思ったのに、次の瞬間、ミナトは強い腕に引き寄せられ、逞《たくま》しい軀の下に閉じこめられていた。

「ひゃ……ん……っ」

唇が塞がれる。

――僕、ギーにキスされている……？

なににも代えられない喜びがミナトを満たす。ミナトは鼻をくすんと鳴らし、ギーの夜着を握り締めた。

だが、しばらくすると唐突にキスは終わった。ギーがひっぺがされたのだ。気がつくとミナトはクロードの腕の中へと囲いこまれていた。

「いつまでミナトを独占する気だ？　このケダモノ」

クロードは昂然と頭を反らせそう言い放つと、甘く微笑みミナトを見下ろした。

「おはよう、ミナト。無事に目覚めてくれて、本当によかった」

クロードもミナトにキスをする。柔らかく愛情の籠《こ》もったキスに、ミナトは猫のように目を細めた。

「あの……ここ、どこですか？」

キスを終え牽制《けんせい》しあう二人のちょうど真ん中に座ったミナトが気後れしたように問う。

三人が寝ていた部屋は、古の遺跡で使っていた部屋ほど広くはないが、豪奢《ごうしゃ》だった。金の燭《しょく》台《だい》が朝陽にきらきら輝いている。

「私の部屋だ。ここはニヴェールの王宮だよ」

「クロードの国……？　どうして、ですか……？」

小首を傾《かし》げて考えこんだミナトは、ようやく自分たちがなにをしていたのかを思い出し、勢いこんで聞いた。

「あ！　魔王との戦いは？　どうなったんですか？」

「決まっているだろう？」

クロードがにっこりと笑った。大輪の薔薇《ばら》のように晴れやかな笑みだ。ギーも誇らしげな顔をしている。

「え……ほんとうに……？」

「もちろん。ちょっと待っててくれないか」

クロードが上がけをめくり起きあがろうとしたが、それよりも早くギーがベッドから飛び降りていた。別室から真珠で飾られた小箱を持ってくる。

ミナトの隣に腰を下ろすと、ギーは小箱を開けて見せた。

中には光沢のある布が張られ、ビー玉くらいの黒い玉が一つだけ納められていた。

「魔王の魔石だ」

はっとして目をあげたミナトの髪に、ギーが名残惜しそうに顔を寄せる。

「これで、帰れる」

どくん、と。心臓がいやな鼓動を刻んだ。

ミナトは震える指で魔石を摘《つま》みあげた。冷たく重い球体の内側で、光がちらちらと揺れている。

――光じゃない。

次々にイメージが流れてゆく。まだ小さな魔王を腕に抱える魔族、ソラン神の姿、それから都市を襲う魔族たち。もっとよく見ようと目を凝らすと、変化が止まった。草も木も生えていないのっぺりとした荒野に二つ、動く影が見える。

クロードとギーだ。

気がつくとミナトは二人の傍に立っていた。

――どうやって探す気だ。

――おまえは探査系の魔法を使えたな？

――ああ、だが君に協力する気はない。私はミナトに帰って欲しくないんだからな。

――そうか。じゃあいい。

ギーが僅《わず》かに石材らしきものが顔を出している場所――もしかして魔王の居城の跡？――を掘り始める。人並み外れた膂力《りょりょく》があっても一度溶けて固まった地面は石のように堅く、作業はなかなかはかどらない。おまけに居城の跡は広い。

それでもギーは黙々と作業を続けた。

朝、ジスランがギーをどこからか連れてきて、夕方、連れ帰る。時折こっそりクロードもやってきて、ギーの様子を見ていた。

段々怖くなってくる。

涼しい顔をしているけれど、ミナトが眠っている間に、ギーはこんなにも一生懸命に魔石を捜してくれたのだ。

——君の頑固さには呆れかえるな。

三日目にクロードの声が荒野に響いた。

——揶揄《やゆ》しに来たのなら、帰れ。

——つくづく可愛げのない男だな、君は。そこじゃない。もっとこっちだ。だが、かなり深いぞ。

胡乱《うろん》な目をクロードに向けたのち、ギーは移動して、鍬《くわ》のような道具を地面に突き立てた。

二度三度、地面を掘ってから顔をあげる。

——クロード。

——なんだ。

——……ありがとう。

——やめてくれ、気持ち悪い。感謝するくらいなら魔石を掘るのを止め、ミナトを私に譲ってくれ。

——断る。

どうしよう——どうしよう、どうしよう！

深い深い穴が穿《うが》たれる。クロードが掘る位置を時々確認して魔法で土砂を運び出し、思い出したように襲ってくる魔物たちを倒した。

そして。

クロードに肩を揺さぶられ、気がつくとミナトは魔石を覗きこんだまま泣いていた。シーツに丸いシミがいくつも浮いている。

「ミナト？……ミナト！」

「どうした。なぜ泣く」

「感激して……というわけではなさそうだな」

二人の男がおろおろとミナトの様子を窺っている。

ミナトは魔石を戻すと箱の蓋《ふた》を閉じた。

「ごめんなさい」

「ミナト？」

「折角探してくれたのに申しわけないけど——僕は、帰れません」

「なぜだ」

「元の世界では、僕はもう死んでるから」

託宣はこうだった。『魔王の魔石があれば元の肉体に戻れる』。

だが向こうのミナトの肉体はもう死んでいる。

クロードとギーの努力は無意味だった。

——口惜しい。

だが、ミナトにはこの怒りをどうすればいいのかすらわからなかった。だって文句を言いたい相手は神様だ。

「だが、託宣では、魔王の魔石があればいいと……」

途方に暮れ呟いたクロードの表情が変わる。

「神殿の連中が嘘を言ったのか？　まさか、パレが逆恨みして手を回した……？」

ギーが無言で立ちあがる。その手にはどこに置いてあったのか、愛剣が握られていた。気の弱いものなら失神してしまいそうな殺気を放ちつつどこかへ行こうとするギーの腰に、ミナトが慌てて飛びつく。

「待って、違う。きっと神様だ」

「どういう事だ、ミナト」

「神様が、わざと勘違いするような託宣を下したんだと思います。僕たちが頑張って魔王を退治するように。僕の記憶が欠けていたのだって、再構成に失敗したせいだけじゃなくて、封印されてたんです」

僕はお母さんに殺された。

勝手に異世界に連れてこられた上、酷い環境に閉じこめられ、さらにそんな記憶を持っていたら、ミナトはノエルみたいになっていただろう。今だってお母さんの事を考えるだけで気持ちが不安定になるくらいだ。

本当ならミナトは、結界から脱出する際にはもう、食べられてしまっていたはずだった。神の都合のいい記憶だけを持っていれば、事故前と同じ軀を与えてくれた神にミナトは感謝していただろう。あらかじめ言葉がわかっていれば、すぐに王子王女の苦境を理解し、同情する。結界から脱出するには、この身を与える以外に方法はないと知っているミナトは、〝使命〟を果たすよう追いつめられるだろう。

だが、ミナトは壊れ、結界を破壊する方法を――神が用意した計画を忘れてしまった。

神にとっては人も魔物も同じようなものなのかもしれないけれど、誰かにそうと示唆されなければ、人が人を食べてしまおうだなんて考えるものではない。神の想定外の発想でミナトたちは結界から脱出してしまい、魔力を分け与える方法を発見した。

おまけに生成時の不具合のせいで、ミナトは封じるはずだった記憶まで取り戻してしまった。無理やりに神子にされたと知ってしまったら、神の意志に殉じようなどと思うはずがない。

それで神は方向を転換し、帰れるという希望をミナトたちに与えた。帰るつもりでいたからミナトたちはいろんな面倒な些事《さじ》から目を逸らし、魔王討伐に集中できたのだ。

だが、今、ミナトは途方に暮れている。

これから、どうしたらいいんだろう？　本来の軀に戻って朽ちてゆくのが一番自然なのかもしれないけれど、自分から死を選べるほどミナトは達観できていなかった。だってミナトはまだ生きていて、ギーとクロードが傍にいるのだ。

「ミナト……本当に、帰れないのか？」

ギーが剣を下ろし、頭を抱いてくれる。泣いている顔を見られたくなくて、ミナトは抱きついたまま頷いた。

「ごめんなさい」

ギーの胸に顔を押しつけ、ミナトは歯を食いしばる。

布擦れの音がし、クロードの気配が近づいてきた。クロードがミナトの両肩に手を添え、背中に頰を押しあてる。

「では、私がミナトの家族になろう。私がご両親の分もミナトを守り、愛す。魔物さえいなければ、この世界は悪くない。この世界の素敵なところを私が全部ミナトに教えよう」

「クロード……」

クロードの気持ちは嬉しい。

でも、とミナトは思い止まった。クロードはミナトとは立場が違うのだ。

「王子様がそんな事を言ってはいけないんじゃないかな……？」

クロードは珍しく苛立たしげな顔を見せた。

「私はもう充分ニヴェールに貢献した。魔法を使えるであろう子を増やす手伝いをし、魔王の生《い》け贄《にえ》になり、魔王討伐の栄誉までもたらした。少しくらい好きにしていいはずだ」

ミナトは言葉をつまらせる。

そうだ。いつも涼しい顔をしてはいたが、クロードもまたずっと酷い目に遭わされてきたのだ。

黙って眺めていたギーが口を挟んだ。

「今、クロードはニヴェール王に結婚するよう迫られている」

「本当!?　だ……誰と……？」

麗しい王子であるクロードに縁談が来るのは当然なのに、ミナトは狼狽した。最初から手が届くような存在ではないと知っていたつもりなのに、胸が張り裂けるように痛む。

「各国の姫たちとだ。国内の主要な貴族の娘とも」

「一人じゃないんだ!?　あ、後宮とかハーレムとかそういう制度がニヴェールにはあるんだっけ……？」

「魔王を倒した勇者である私に各国の姫を娶《めと》らせる事によって、父王は人族の国々の盟主にするつもりなんだ。冗談じゃない。私はもうミナト以外抱くつもりはないのに」

両手でミナトの手を握り締め、クロードが熱く掻き口説く。

「ここにいる限り私は便利な政治の道具だ。私はずっと純粋に慕われているミナトの家族が羨ましくてならなかった。なんの打算もない無垢《むく》な愛情が私も欲しい。ミナト、私にそれを与えてくれないか？」

目元を赤く染めたミナトの薄っぺらな背中から、クロードが引き剝がされる。

「やめておけ。栄光を手にした王子であるおまえを求める者は多い。ミナトが巻きこまれて傷つく事になりかねない。これからは俺がミナトを守る。贅沢《ぜいたく》はできないが、普通に暮らしてゆく方法を俺は知っている。ずっと一緒にいて、必ず幸せにしてやる」

真摯《しんし》な求愛にミナトはときめいた。

本当に？　本当に僕とずっと一緒にいてくれる……？

「君のような朴念仁にミナトを幸せにできるものか。ミナト、私ならギーの何倍も君を幸せにしてやれる。結界の中や古の遺跡ではずいぶん我慢させてしまったから、まずは様々なおいしい料理や菓子を用意させよう。ミナトはどんなものが食べたい？」

「堅苦しい王宮でなにを食べたって、大してうまくないぞ」

「侍女も侍従もこの部屋には通さない。ミナトが目にするのは私だけだ」

「市場で買う肉汁滴る焼きたての串焼きに如《し》くものはないが、王宮にいてはそんなもの、食べられない」

「今まで王宮の料理を皿まで舐めそうな勢いで食べていたのは誰だ」

「食べ物を無駄にしたらもったいないゆえだ」

無表情に言い返すギーに、ミナトが噴き出した。

この二人は真剣な顔でなにをしているのだろう。

いつの間にか涙は乾いてしまっていた。おかしくておかしくて、くすくすと笑い続けるミナトに、ギーとクロードも表情を緩める。

「ようやく笑ったな」

薔薇色に上気した頬をつつかれ、ミナトは首を竦めた。

「すぐ決めなくてもいい。でも覚えておいてくれ。なにも心配はいらないのだと」

ミナトは精一杯背伸びをすると、クロードにハグをした。

「うん……ありがとう」

それから頬にくちづける。

「大好き」

一番最初に習った、ありがとうを表す言葉。

ギーにも同じ事を繰り返す。

「ギーも、大好きだよ」

二人の男は、目を細め微笑む。

エピローグ

魔物が出た、という知らせに王都は浮き足立っていた。

魔王が討伐されたとはいえ、まだ人族の国々には進軍してきたまま取り残されてしまった個体があちこちに潜んでいる。そして今日確認された魔物は、運が悪い事に二体が一緒にいた。もう連携して攻撃してくる事はないとはいえ、恐ろしい脅威である。

「兵の数はこれだけなのか」

「先の侵攻で大勢が犠牲になったゆえ……」

「傭兵《ようへい》は」

「たまたま王都にいた者は全員召集しましたが、魔物の進行が早くこれ以上は間に合わないかと」

「見えたぞ！」

悲鳴めいた兵士の声に、叱責《しっせき》が飛ぶ。

「狼狽《うろた》えるな、見苦しい！」

魔物を迎え撃つ準備を整えるため、城に集まっていた将校がバルコニーに出る。ちょうど彼らを激励しようとやってきていた第二王女も遠くに黒々と浮かびあがる巨体を見て、眉を顰めた。

「まずいな……」

甲虫のような形をした魔物は、概して装甲が堅い。体あたりされれば、王都を囲む城壁は簡単に破壊されてしまうだろう。討伐するまでに何人の兵が犠牲になるか——いや、討伐できるかさえわからない。

絶望が人々を呑みこもうとした時だった。

光が走った。

「なんだ、あれは……！」

先んじていた一匹が、次々にぶつけられる光に体表をえぐられてゆく。もう一匹の方も、風の刃に細切れにされ散り始めた。

戦々恐々としていた人々は呆気《あっけ》に取られた。

——一体なにが起きているのだろう？

しばらくのち、謁見室で、第二王女は顔を引《ひ》き攣《つ》らせていた。

驚くべき事に、二匹の魔物を倒したのは、たった三人の傭兵だった。志願して斥候に出かけたはずが、討伐まですませて戻ってきたのだという。これが自国の兵士であるなら王が直々に言葉を賜るのであるが、他国出身の素性も知れぬ傭兵とあって第二王女が名代として褒賞するため謁見室にやってきていた。

名代を命じられたのが姉ではなく自分で本当によかったと、第二王女は胸を撫で下ろす。

「人払いを」

ひざまずく三人の男を前に、第二王女が命じる。

立ち会おうとしていた高官や将校、衛兵たちは仰天し異議を唱えたが、普段から姫らしからぬところのある王女は頑として譲らず、邪魔者たちを排除してのけた。

「――それで、おぬしたちは一体なにをしているのだ？」

つんとかまえていた第二王女は、謁見室の扉が閉まると、悪戯《いたずら》っぽい笑みを浮かべた。

「見ての通り、傭兵だ。魔物のみを相手にする――な」

にやりと笑んだ男は起きあがると片足を引き、下賤の出とは到底思えない流麗さで挨拶《あいさつ》した。美しいプラチナブロンドが流れ、菫《すみれ》色の瞳を引き立てる。

「出奔したという噂《うわさ》は聞いておる。なぜ国を出たのだ、クロード」

「父王に無理やり結婚させられそうになってね。一人でも多いと思うのに、五十人も娶れと言うんだ。酷いだろう？」

「色狂いと聞いていたから、好きであんな無茶を通そうとしたのかと思っていたのだが、違ったのだな?」

「シルヴィ」

心外だと言いたげに眉尻を下げたクロードに、シルヴィは肩を竦めてみせた。

「本当になんて見境のない男なんだろうと思っていたのだぞ?　我まで後宮に入れようと言うのだからな」

「え、シルヴィもお嫁さん候補の中に入ってたんだ?」

クロードの隣で顔をあげた傭兵は、この世界では珍しい黒髪黒目だった。ほっそりとした体つきでとても戦えるようには見えない。

「知らなかったな。肖像画も見てないんだ」

悪びれもせず笑うクロードから、結界内でとても愛おしんでいた異界人へとシルヴィは目を向ける。

「ミナトも、この二人と共になにをしているのだ?　傭兵という触れこみであったが、ミナトに剣は振るえぬであろう?」

「言っておくけどシルヴィ、一匹目の魔物を倒したのは僕だよ?　剣は無理だけど、弓は大分使えるようになってきたし、クロードに魔法を教えてもらってるから、魔物ならもう何匹だって倒せる」

「ウサギは狩れないがな」

「だって血が出るし！」

　茶々を入れた男は見るからに引き締まった体軀に鋭い金色の眼差《まなざ》しをそなえていた。この男が一番傭兵らしく見える。

「まあ、なににせよ、元気そうでよかった」

　座から下りると、シルヴィは三人に歩み寄り、ミナトを抱き締めた。ギーとクロードにもハグする。

「ところでシルヴィ、私たちの事は他言無用にしてくれないか」

「……わかっておる。おぬしたちには大恩がある。誰にも言わぬ」

「シルヴィ、魔物退治の報酬は？」

　期待に目をきらきらと輝かせ見あげてくるミナトに、シルヴィは苦笑した。

「金貨を用意させたが、他に欲しいものがあれば持ってこさせる。なにかないか？」

　三人は顔を見合わせたが、最終的にミナトがにっこり笑って首を振った。

「大丈夫。なにも要らないよ。僕たち、今持っているもので充分なんだ」

「そうか」

　シルヴィは目を細める。

　望みさえすれば、シルヴィはどんな宝剣でも与えるつもりだった。新しい身分や、目につかない領地を用意する事も可能だ。

ギーが身につけている服や装備はくたびれてきている。抜けるように白かったクロードの冑も健康的に灼け始めていた。ミナトに至っては服に鉤裂《かぎざ》きがある。

だが三人は充足しているようだった。

シルヴィは侍従を呼び戻し耳打ちすると、ミナトたちに報酬を支払った。

「三人とも、元気でな」

出てゆく三人を背筋を伸ばして見送る。

彼らは振り返らず、鮮やかな魔物討伐に沸く王都の喧噪《けんそう》に消えていった。

＋　＋　＋

「シルヴィ、すごく綺麗だった」

エライユ王都で一番豪勢だという触れこみの宿に部屋を取ると、ミナトたちは一息ついた。

大きな寝台は、ニヴェールの王宮で使っていたのと同じサイズだ。白と金を基調とした調度も上品だし、専用の浴室もついている。これはこの世界では驚くべき事だ。その分料金も大変に高かったが。

　クロードが浴室の用意を命じている間に、ギーが報酬としてもらってきた袋の中身をテーブルにあけると、大量の金貨と共に小さな包みが零《こぼ》れ落ちた。

「なんだろう？」

　真っ白の布——なんにでも使えるから何枚あっても嬉しい——の中から出てきたのは、香ばしい焼き菓子だった。様々なドライフルーツがちりばめられている。

　もう一つ見つけた長細い包みには、ダガーと指輪が入っていた。ダガーは装飾などのないシンプルな作りで、かまえてみると軽い。

「名匠の作のようだな。ミナトのものにしろ。弓だけでは心許ない」

「指輪は？」

「これは通行証だ。見せればシルヴィとの謁見が叶う」

「シルヴィ、いつの間にこんなの入れさせたんだろう」

　ミナトはダガーを帯に挿すと、焼き菓子を摘み始めた。

　生地がしっとりしている上ドライフルーツの味わいが豊潤で、びっくりするほどおいしい。

　こんな贅沢なものを食べるのは久しぶりだ。

　シルヴィに説明した通り、クロードの結婚問題がのっぴきならない状況に陥ったので王宮から逃げ出してきてからもう半年が経つ。

しばらくの間は逃亡を手伝ってくれたジスランが所持する別荘に滞在し、ミナトの軀を鍛えた。

傭兵になろうという話は、ニヴェールにいた頃からしていた。

まだまだ魔物や魔族が人族の領域をうろついている。普通の人間にとって彼らを倒すのは大変な苦労が伴うが、ギーとクロードなら容易い。傭兵として戦えば報酬も得られる。

それにギーもクロードももう、国の道具になりたくないようだった。

二人がそれでいいと決めたなら、ミナトはついてゆくまでだ。

「うまいか、ミナト」

テーブルの上を片づけたギーがベッドに腰かける。

「うん、とっても！」

焼き菓子を頬張りながら、ミナトは胸元から引っ張り出したペンダントを眺めた。ギーたちが手に入れてくれた魔石を加工した品だ。魔王の魔力を凝縮したというだけあって恐ろしい力を秘めている上、ミナトとの相性がいいらしく、願いながら覗きこむと球面に向こうの世界が映る。

妹とおいしそうなホットケーキを食べるお母さんの姿を眺めながら、ミナトは初めから一口大にカットされていた焼き菓子の一欠片を差し出した。

「ギーも、どうですか」

だが、ギーは受け取ろうとしなかった。

「いや。こっちからもらう」

俯《うつぶ》せになって肘《ひじ》を突いていた軀が反転させられる。覆い被さってきたギーの唇が、ミナトの口を塞いだ。

「んんっ」

クランベリーの味が残る口の中を、舌で掻き回される。

「甘い、な」

思う存分堪能したあと、ギーが口元を指で拭った。すっかり気持ちよくなってしまったミナトはしどけなく己の軀を抱く。

こんなキスをされたら、腰が疼いてしまう。

「ミナト……」

ブーツが足から抜かれた。ベルトも緩められ、シャツの裾からギーの手が入りこんでくる。

「ちょ……っ、だめです。まだクロードが戻ってきてないのに……」

「あんな男の名など呼ぶな」

きゅうっと胸の粒を摘まれ、ミナトは眉根を寄せた。薄い胸が反り返る。

「や……っ」

擦りつけられる股間が熱い。欲情しているのだ、と気づいたら、ミナトの軀も熱くなってきてしまった。

「もう……っ、またクロードと喧嘩になるよ……」

「あんな奴、どうでもいい」

するりと下穿《したば》きが下ろされる。ミナトは真っ赤になって、両手で前を隠そうとした。その刹那、冷え冷えとした声が室内に響く。

「聞き捨てならないな。おまけに抜け駆けするとは」

「油断するおまえが悪い」

ミナトの首筋に顔を埋めたまま金色の目だけをあげ、ギーはクロードを睨みつける。クロードはベッドに腰を下ろすと、無造作にミナトが隠そうとしていた若茎を摘んだ。

「ミナトもミナトだ。二人一緒の時しかしないという約束なのに、こんなにして」

「やん……っ、ごめんなさい……っ」

もっとも敏感な部位を指先でむにむにと苛《いじ》められ、ミナトは身悶える。ギーが起きあがり、服を脱ぎ始めた。くたびれたブーツや埃《ほこり》っぽい上着が床の上に積み重なる。

「罰に、うんと恥ずかしい目に遭わせてあげよう。ギーもペナルティーを払ってもらおうか」

「誰が……」

「逆らうなら、魔法で動けなくした君の前でミナトを抱く」

ギーが不機嫌に唇を引き結ぶ。ギーは魔法では、師匠であるクロードに敵《かな》わない。

クロードに命じられる通りミナトの服を全部剝き、恥ずかしい体勢を取らせる。

「や……やだ……」

両手首を焼き菓子が包んであった白い布で縛られてしまった上、ギーに後ろから両膝の裏を抱えあげられ、ミナトは慌てて四肢をばたつかせた。子供におしっこをさせるような格好のせいで、秘めねばならない場所が全部見えてしまう。

「ちゃんと見ていなさい、ミナト」

クロードが両手を突き、大きく開かれたミナトの足の間に顔を近づけた。舌を伸ばし、不安そうに震えているモノを、根本から先端まで舐めあげる。

「や……っ」

「いやじゃないだろう？　ほら」

肉色の舌が、ぬるぬるとミナトの恥ずかしい場所を這いずる。時々、はぐ、と歯を立てられ、ミナトはひくんと軀を震わせた。

恥ずかしい。

明るい場所で、クロードにつぶさにそこを見られているのが。

大体クロードのように綺麗な人がそんな場所を舐めていいわけがないとミナトは思うのだ。

こんなの、だめ。だめなのに。

後ろの蕾《つぼみ》まで舐められてしまい、ミナトは思わず喉《のど》を鳴らした。

ギーが心得たようにさらに高々とミナトの尻を持ちあげる。舐めやすくなったソコにねっとりと舌を這わせるクロードの仕草は猫のようだ。

クロードがさらに不浄な場所に顔を近づけ——舌をねじこんでくる。

「だめ……っ」

クロードの舌に犯され、ミナトは爪先をひくつかせた。

「ギーっ、ギー……っ」

助けて欲しいのに、ギーもまた食い入るようにミナトの足の間を見ている。

つんと上を向いた先端から蜜《みつ》が溢れ始めた。

背中にあたるギーの軀も軀の中で淫らに蠢くクロードの舌も、熱くて火傷してしまいそう。

酷い事をされているのに、興奮してしまう。クロードが犯している場所より奥に、もっと太くて堅いモノが欲しい。

「もう……や……っ」

「なにがいやなんだ？　気持ちいいんだろう？」

ようやく顔をあげたクロードが髪を掻きあげ、耳にかける。

「お願い、もっと……」

「ああ、こっちが欲しいのか」

クロードが起きあがり、服の前をくつろげた。現れたモノにミナトは顔を赤らめ目を逸らす。

僕、なんでこんなにいやらしくなってしまったんだろう。

表面に血管を浮かせている、いかにも凶暴そうなアレが欲しくて、うずうずする。

「ギー、ミナトを下ろせ」

「あ、ありがとう、クロード……」

シーツに下ろされてミナトはほっとした。だが、今度はクロードが後ろに回り、ミナトを抱き寄せた。

「さあ、ここに腰を落とすんだ。たっぷり慣らしたからすんなり入ると思うぞ」

「え……」

割れ目の奥に、濡れた硬いモノがあたる。

クロードのモノだ、と思ったら震えが走った。

どうしよう。欲しい。

でもうまくできるだろうか。両手は後ろ手に縛られたまま、躯を支えられない。

「大丈夫だ。膝で躯を支えて、私を呑みこむ様をよくギーに見てもらうといい」

「あ……」

クロードの足をまたぎ膝を突いたミナトは、ぎくりとして顔を前に向けた。正面にはギーがいた。

このまま腰を下ろしたら、ギーに全部見られてしまう……。

「む、無理……できない……っ」

とっさに軀を浮かせて逃げようとするが、クロードに引き戻された。

「逃げようとするなんていけない子だ。そら……」

狭い入り口が大きく押し開かれる。灼熱の塊が細腰の中へと容赦なく入りこんでくる。

「あ――――――！」

ギーが、見てるのに。

ずぶずぶと一気に呑みこんでしまい、ミナトは喘いだ。とても踏ん張って軀を支える事などできなかった。貫かれるだけで気持ちいい。軀も心もぐずぐずと蕩けてしまう。

「ギー。君ももう好きにしてかまわない」

うなじにくちづけながらクロードが悪魔のように囁く。待ちかねたようにギーはミナトに迫ると、もっと可愛がって欲しくてぴんと反り返り蜜を零しているモノに己のモノを擦りつけた。

「あ、あ……」

クロードのものかギーのものかもわからない指に胸を摘まれる。

後ろで縛られてしまっているせいで、抵抗ができない。ミナトは二人にされるがままだ。

クロードが腰を揺すると切っ先が奥にあたって、きゅん、と中が締まった。おまけに擦りつけられているギーのモノはすごく熱くて淫猥《いんわい》で……、一緒くたに握られ扱《しご》かれると、勝手に腰が揺れてしまう。

「ふふ、なんて色っぽい腰つきだ」

ミナトの耳元で、クロードがくすくすと嗤った。真正面でミナトを見つめるギーの金色の瞳は、ぎらぎら光って今しも獲物に食いつこうとする獣を思わせる。

「はあ……ん、だめ、だ、だめ。こんなの……っ」

せわしなく喘ぎながらミナトはいやいやと首を振った。

「だめ？　嘘だろう？　こんなに感じているのに……」

ぐん、と下から突きあげられ、ミナトは声にならない悲鳴をあげた。甘い痺れに頭のてっぺんまで貫かれ、理性が壊れる。

「ああ、素敵だよ、ミナト。今、ここが切ないくらい強く私を抱き締めた」

「おい、早く代われ……っ」

我慢できなくなってしまったのだろう、ギーが獰猛《どうもう》に唸《うな》る。

「まだだ」

恍惚《こうこつ》とした目で余韻を楽しんでいたミナトを、クロードが意地悪く揺さぶった。

「あ……っ、あん……っ、や……っ、だめ……っ！」

甘い声をあげ、ミナトはよがる。

すごく、すごく気持ちよかった。

クロードはいつも、おかしくなるんじゃないかと怖くなるほどミナトをいじめてくれる。ク

ロードがすんだら次はギーが、野獣のように犯してくれるのだろう。

ミナトが思っていた『家族』とは少し違うけれど、クロードもギーも一時も傍を離れずミナトの孤独を埋めてくれる。

——なんて、幸せなんだろう。

二人と汗でぬめる膚を絡ませながらミナトはうっとりと思う。

二人ともミナトをちゃんと見つめてくれる。ただ庇護《ひご》するだけでなく、戦う方法も教えてくれて、ミナトは徐々にこの世界がどういうものか知りつつあった。

大嫌いな神様が作った世界。

でも、そこで暮らしているのは普通の人たちにすぎない。

ここでミナトは諦めていたすべてを取り戻しつつある。

全部、クロードとギーのおかげだ。

二人が心を傾けてくれたおかげ。

小さくうめきクロードがミナトの中で果てる。終わったと見た途端、ギーがミナトの軀を抱きあげ、クロードのモノを引き抜いた。

「乱暴な……」

クロードが呆れたように呟く。

ギーはシーツの上に有無を言わさずミナトを組み伏せ、いきりたったモノで貫いた。ごりりとイイ場所を擦られ、ミナトはおののく。

「ギー、だめ、出ちゃう……！」

すでにミナトは、後ろだけでいくらでもイける軀になってしまっていた。でも、すぐに出してしまうと最後まで保たなくなってしまう。

我慢しなければと腹に力を入れたら、ギーが苦しげに眉根を寄せた。雄らしい色気が滲む表情に、ミナトもきゅんとキてしまう。

大好き。

ミナトの大事な新しい家族。

これからもずっと一緒にいたい。

ミナトは足も腰に絡め、もっとして欲しいと引き寄せる。

目の端にちらりと面白くなさそうな顔をしているクロードが見えた。ああもう一回されてしまうなと、ミナトは喜悦に霞む頭の中でぼんやりと思う。

でも、いい。

もっといっぱい抱いて貰いたい。

高い嬌声《きょうせい》をあげながら、ミナトは四肢を震わせた。

あとがき

こんにちは、成瀬《なるせ》かのです。キャラ文庫さんでは初めまして！

一冊目から好きな異世界トリップを書かせていただけて嬉しいです！　しかも攻様が二人！　現代物ではなかなか登場させる事のできない長髪金髪美形キャラを高星麻子《たかぼしあさこ》様の美麗な絵で見る事ができて、幸せです。カラーのデータが送られて来た時には、あまりの美しさに気が遠くなりました……。ありがとうございました！

攻様が二人いるとお話のバランスが非常に難しいのですが、可愛い受ちゃんを巡って牽制しあう攻様二人を書くのはとても楽しかったです。

私は黒髪不器用剣士の方が好みのタイプなのですが、編集様はクロード押しとの事。皆様はいかがでしたでしょうか。

そのうち受ちゃんを挟んでつんけんしつつも攻同士仲良くなって、三人が三人とも熟年夫婦みたいに阿吽《あうん》の呼吸で通じ合えるようになるといいなーと妄想してます。

いつもは割と世界を救わない系の、ほやほやしたファンタジーばかり書いているのですが、今回は王道を狙ってみました。こういうお話を読むのは好きなのですが、魔王とか世界とか大きな事を書く度に、なんだかむずがゆい気分になってしまいます。同時に吹っ切れたものを書く時特有の快感もあるのですが。

最後にこの本を手に取って下さってありがとうございました。お世話になった編集様や出版社の皆様にも感謝を。
また次のお話も読んでいただけると嬉しいです。

http://karen.saiin.net/~shocola/dd/dd.html

「ひみつの、はなぞの。」成瀬かの

この本を読んでのご意見、ご感想を編集部までお寄せください。

《あて先》〒105-8055 東京都港区芝大門2-2-1 徳間書店 キャラ編集部気付
「世界は僕にひざまずく」係

キャラ文庫 愛読者アンケート

◆この本を最初に何でお知りになりましたか。

①書店で見て　②雑誌広告（誌名　　　　　　　　　　　　　　　　）
③紹介記事（誌名　　　　　　　　　　　　　　　　　　　　　　　）
④Charaのホームページで　⑤Charaのメールマガジンで
⑥その他（　　　　　　　　　　　　　　　　　　　　　　　　　　）

◆この本をお買いになった理由をお教え下さい。

①著者のファンだった　②イラストレーターのファンだった　③タイトルを見て
④カバー・装丁を見て　⑤雑誌掲載時から好きだった　⑥内容紹介を見て
⑦帯を見て　⑧広告を見て　⑨前巻が面白かったから　⑩インターネットを見て
⑪ツイッターを見て　⑫その他（　　　　　　　　　　　　　　　　）

◆あなたが必ず買うと決めている小説家は誰ですか？

［　　　　　　　　　　　　　　　　　　　　　　　　　　　　　　］

◆あなたがお好きなイラストレーター、マンガ家をお教え下さい。

［　　　　　　　　　　　　　　　　　　　　　　　　　　　　　　］

◆キャラ文庫で今後読みたいジャンルをお教え下さい。

［　　　　　　　　　　　　　　　　　　　　　　　　　　　　　　］

◆カバー・装丁の感想をお教え下さい。

①良かった　②普通　③あまり良くなかった

理由［　　　　　　　　　　　　　　　　　　　　　　　　　　　　］

◆この本をお読みになってのご意見、ご感想をお聞かせ下さい。

①良かった　②普通　③あまり面白くなかった

理由［　　　　　　　　　　　　　　　　　　　　　　　　　　　　］

ご協力ありがとうございました。

POSTCARD

必要な金額
の切手を
貼ってね!

105-8055

東京都港区芝大門2−2−1
㈱徳間書店
Chara キャラ文庫 愛読者 係

徳間書店Charaレーベルをお買い上げいただき、ありがとうございました。このアンケートにお答えいただいた方から抽選で、Chara特製オリジナル図書カードをプレゼントいたします。締切は2014年11月29日(当日消印有効)です。ふるってご応募下さい。なお、当選者の発表は発送をもってかえさせていただきます。

ご購入書籍
タイトル

《いつも購入している小説誌をお教え下さい。》
①小説 Chara ②小説 Wings ③小説ショコラ ④小説 Dear+
⑤小説花丸 ⑥小説 b-Boy ⑦リンクス
⑧その他 ( )

住所 〒□□□-□□□□ 都道府県

フリガナ
氏名
年齢 歳
女・男

職業 ①小学生 ②中学生 ③高校生 ④大学生 ⑤専門学校生 ⑥会社員 ⑦公務員 ⑧主婦 ⑨アルバイト ⑩その他 ( )

※このハガキのアンケートは今後の企画の参考にさせていただきます。ご記入いただいた個人情報は当選した賞品の発送以外では利用しません。

■初出一覧
世界は僕にひざまずく……書き下ろし

Chara

世界は僕にひざまずく

……【キャラ文庫】

2014年9月30日　初刷

著者　成瀬かの
発行者　川田 修
発行所　株式会社徳間書店
〒105-8055　東京都港区芝大門2-2-1
電話048-451-5960(販売部)
03-5403-4348(編集部)
振替00140-0-44392

印刷・製本　図書印刷株式会社
カバー・口絵　近代美術株式会社
デザイン　長谷川有香（ムシカゴグラフィクス）

ISBN978-4-19-900769-9

投稿小説★大募集

『楽しい』『感動的な』『心に残る』『新しい』小説——

みなさんが本当に読みたいと思っているのは、どんな物語ですか？　みずみずしい感覚の小説をお待ちしています！

•応募きまり•

[応募資格]

商業誌に未発表のオリジナル作品であれば、制限はありません。他社でデビューしている方でもOKです。

[枚数／書式]

20字×20行で50～300枚程度。手書きは不可です。原稿は全て縦書きにして下さい。また、800字前後の粗筋紹介をつけて下さい。

[注意]

①原稿はクリップなどで右上を綴じ、各ページに通し番号を入れて下さい。また、次の事柄を１枚目に明記して下さい。
（作品タイトル、総枚数、投稿日、ペンネーム、本名、住所、電話番号、職業・学校名、年齢、投稿・受賞歴）
②原稿は返却しませんので、必要な方はコピーをとって下さい。
③締め切りは特別に定めません。採用の方にのみ、原稿到着から３ヶ月以内に編集部から連絡させていただきます。また、有望な方には編集部からの講評をお送りします。
④選考についての電話でのお問い合わせは受け付けできませんので、ご遠慮下さい。
⑤ご記入いただいた個人情報は、当企画の目的以外での利用はいたしません。

[あて先]　〒105-8055 東京都港区芝大門2-2-1
徳間書店　Chara編集部　投稿小説係

投稿イラスト★大募集

キャラ文庫を読んで、イメージが浮かんだシーンをイラストにしてお送り下さい。キャラ文庫、『Chara』『Chara Selection』『小説Chara』などで活躍してみませんか？

•応募きまり•

[応募資格]

応募資格はいっさい問いません。マンガ家＆イラストレーターとしてデビューしている方でもOKです。

[枚数／内容]

①イラストの対象となる小説は『キャラ文庫』か『Chara、Chara Selection、小説Charaにこれまで掲載された小説』に限ります。
②カラーイラスト１点、モノクロイラスト３点の合計４点。カラーは作品全体のイメージを。モノクロは背景やキャラクターの動きの分かるシーンを選ぶこと（裏にそのシーンのページ数を明記）。
③用紙サイズはＡ４以内。使用画材は自由。

[注意]

①カラーイラストの裏に、次の内容を明記して下さい。
（小説タイトル、投稿日、ペンネーム、本名、住所、電話番号、職業・学校名、年齢、投稿・受賞歴、返却の要・不要）
②原稿返却希望の方は、切手を貼った返却用封筒を同封して下さい。封筒のない原稿は編集部で処分します。返却は応募から１ヶ月前後。
③締め切りは特別に定めません。採用の方にのみ、編集部から連絡させていただきます。また、有望な方には編集部から講評をお送りします。選考結果の電話でのお問い合わせはご遠慮下さい。
④ご記入いただいた個人情報は、当企画の目的以外での利用はいたしません。

[あて先] 〒105-8055 東京都港区芝大門2-2-1
徳間書店 Chara編集部 投稿イラスト係